Enfim a liberdade

Esta obra foi revisada segundo o Novo Acordo Ortográfico da Língua Portuguesa, em vigor no Brasil desde 2009.

Direção editorial Melissa Velludo
Revisão e preparação de texto Roseli Braff
Imagens da capa Colagem digital feita com detalhes das obras *Campo de trigo com ceifador e sol*, *O semeador*, *Campo de trigo com feixes* e *Homem velho com a cabeça em suas mãos*, de Vincent Van Gogh.
Capa e diagramação Alexandre Guidorizzi
Posfácio Osvaldo Félix

Dados Internacionais de Catalogação na Publicação (CIP)
(Câmara Brasileira do Livro, SP, Brasil)

Braff, Menalton
Enfim a liberdade / Menalton Braff. --1. ed. --
Ribeirão Preto, SP : Ópio literário, 2025.
170 p.

ISBN 978-65-985571-6-4

1. Liberdade 2. Romance brasileiro I. Título.

25-305517.0 CDD-B869.3

Índices para catálogo sistemático:
1. Romances : Literatura brasileira B869.3

Maria Alice Ferreira - Bibliotecária - CRB-8/7964

SELO ÓPIO LITERÁRIO
Degustadora Editora
E-mail: adegustadoradehistorias@adegustadora.com.br

Menalton Braff

ENFIM A LIBERDADE

Romance

1ª edição

Ópio literário

2025

Para Roseli, por quem as palavras voam
e Melissa Velludo, que acredita na literatura.

Capítulo 1

Esta garoa não estava nos meus planos, desde ontem eu vivi a passagem por este portão mesmo antes do carcereiro, Te apronta que depois de amanhã — e comecei a pensar o que deveria fazer assim que pusesse os pés na calçada e agora que meus pés começam a pisar estas lajotas já não me lembro bem do que havia sonhado fazer sem esta garoa, que a gente chamava de chuva de molhar bobo, isso há quanto tempo, nem sei mais, apenas um professor homem casado mulher e casal de filhos o mais novo dando os primeiros passos então a tragédia e o advogado só eu sabia da minha inocência. A culpa é toda sua — agora preciso correr procurando um abrigo porque a garoa enquanto esta sensação de limites a garoa vira chuva meus cabelos encharcados e minha roupa e como alguém de braço mutilado que continua sentindo como se ele estivesse e me sinto ainda prisioneiro e o mundo parece muito grande como se o planeta até o horizonte parece que vou rolar meu equilíbrio sensação de que vou rolar e cair do outro lado e a sensação nasce do meu estômago, felizmente esta marquise e a entrada onde me abrigo e sou forçado pelo corpo a sentar nesta escada, ninguém sai por causa da chuva entrei em casa com a mochila molhada e o uniforme também, meu pai me mandou trocar rápido de roupa depois já trocado e seco na sala ele lia um jornal então perguntei o que era Anarquismo e sentado na poltrona muito sério ouvi suas explicações mas só ouvi porque minha idade não alcançava muitas coisas mas não desisti de entrar por aquele túnel escuro e passei a vida lendo e estudando pois assim como meu velho eu também não aceitava que o mundo, as pessoas, a sociedade fossem sempre daquele jeito, eles pensavam que eu estivesse dormindo por isso a voz com raiva, A culpa é toda sua — muita coisa sobre as nações e seus povos eu aprendi nos livros de História, uma disciplina de que sempre gostei muito só minha mãe do contra porque um curso mesmo um curso sério eu tinha condições e ela sugeria medicina, engenharia, direito ou odontologia, ela queria me ver doutor e orgulho da família chuva muitas chuvas enfrentei na vida, algumas que me ameaçaram com prejuízos à saúde, adolescente, participava de uma passeata a favor da reforma agrária quando o aguaceiro nos pegou na Av. 7 de Setembro, onde não havia abrigo nenhum porque era domingo e cheguei em casa como se tivesse entrado na piscina sem tirar a roupa, para a fúria da minha mãe que não tinha nada que me meter em manifestação política, mas então quando a fogueira da febre me pegou, ela baixou o tom e cuidou de mim com carinho, A culpa é toda sua — e meu pai me explicando pela décima vez o que era o Anarquismo, Botando essas ideias na cabeça do menino — um carro que passa com seus pneus jogando água me defendo instintivo, uma lagoa na rua os pneus jogando água para o alto, no hospital médicos e enfermeiras que era uma pneumonia a febre e a tosse por isso não brigavam mais os dois sem culpa a garoa vira chuva e subo um degrau porque o vento só um pouco, o frio a roupa mais ou menos seca pois até o meu cabelo há pouco ainda escorria e este homem aí na porta, me olhando de olho parado, fixo, será que desconfia de alguma coisa porque eu sentado em sua escada e eles pensavam que eu estivesse dormindo lá dentro do quarto mas eu ouvia tudo, Essas suas ideias, esses jornais, você desencaminha nosso filho — na hora até vontade de rir, e além de tudo, estou com pouca roupa, muito pouca roupa, ele desiste de me entender e volta pra dentro do prédio, também não quer sair à chuva mas um respingo daquele carro me pegou perto do olho, a chuva é mansa porque é fraco o vento, os pingos caindo verticais um pouco de frio, preciso continuar a caminhada, por isso a raiva, um casal passa com passo ligeiro e debaixo de um guarda-chuva imenso, um guarda-chuva pra casal se estivesse caminhando não sentiria frio, do ponto do ônibus até a faculdade um bom trecho, e chovia, por isso caminhava debaixo de um guarda-chuva ao passar pela frente de um bar onde muitas cervejas uma aluna, sei que era aluna por causa da mochila com o letreiro Faculdade de Educação, que ficava ali, vizinha da História, então ofereci carona porque ela, na expressão de seu rosto, dizia que não queria se molhar, então ela teve de enfiar o braço dela no meu, como casal só gostei uma das enfermeiras a que cuidava mais de mim dizia que eu era seu namorado, eu gostava e cheguei a ter pressa em crescer porque estava meio apaixonado por ela e acho que aquela paixão ajudou na minha cura, mas então meu pai me levou pra casa quando recebi alta, andei mais um quarteirão e voltei que sim o telefone trocado no início éramos três, nossa trindade que acabamos chamando de triunvirato; o Aleixo, o Marcondes e eu, o Aleixo era da minha sala, o Marcondes já estava no segundo ano e o guarda que me abriu o portão, quando dei meu endereço, indicou este rumo, por aqui chego lá, mas não reconheço nada nesta parte da cidade – olho os prédios, as árvores na calçada, tudo estranho, uma cidade estranha como se fosse o Aleixo disse que teve brigas homéricas com o pai por causa de política, que o pai dele antigo eleitor da UDN, que era um partido de direita antes do golpe de 64, que até ameaçou não pagar mais a faculdade pois é se não fosse a mãe eu disse que meu pai era anarquista e os dois me olharam com luminosidade nos olhos como se eu fosse uma espécie de santo que queriam conhecê-lo então tive de dizer que já fazia um tempo que tinha sido enterrado a chuva pelo jeito está diminuindo, virando garoa, mas já vejo manchas de sol na rua e as nuvens parecem assustadas porque voam rápido como corvo fugindo de tempestade logo, logo posso sair daqui, o Marcondes falou bem do pai dele, que, apesar de votar no PMDB, era antientreguista e a favor de uma política centrada em questões sociais, no início, éramos o triunvirato a gente se encontrava no Bar Epicurista várias vezes por semana, e nossa conversa era quase sempre sobre política. Não, com o FHC não tinha jeito mesmo era um entreguista da pior espécie e o que fez ele pela educação?, ele, um acadêmico nós três raramente discordávamos entre nós, a não ser em torcida de futebol eles, os dois, moravam na mesma república, suas casas no interior do estado, uma no norte e a outra no sudeste, bem, me parece que já posso me botar a caminho lugar estranho, maioria das casas muito velhas, reboco falhado um bairro pobre que eu não conhecia, não, acho que não o céu começa a ficar limpo, as nuvens como corvos fugindo de tempestade outras pessoas agora, guarda-chuva fechado na mão, eu saí com quase nada, escova de dente, pasta, um sabonete, uma calça e uma camisa, além de uma blusa sem cor definida a bolsa sacola ganhei de um detento, que jurava inocência o tempo todo e só eu acreditava nele, por isso ficou meu amigo, ele dizia que correu até o sujeito deitado na calçada, mas pra socorrer e a polícia chegou na hora. Minha história não era muito diferente, por isso a identidade eu também, e o advogado, que não houve a intenção, mas eles nem quiseram saber do advogado não tenho muita certeza todos olhando pra mim, eu exposto como enjaulado, a curiosidade, e uns olhos de acusação, ouvi mentiras do promotor sem oportunidade de rebater, mas quais as provas, se eu não tinha, era tudo que me faltava, ela só esperava passar a chuva e eu ofereci carona, então já perto do prédio da História, tropecei numa pedra, eu acho, e quase caí, e ela riu cacarejado muito forte, então me pediu desculpa, porque eu quase caí e ela só achou engraçado, e pra aliviar o ambiente, porque não gostei de sua risada, me contou que um dia, ela e uma prima, lá no interiorzão de onde veio tropeçou numa raiz de fícus e se machucou e sua prima não conseguiu segurar o riso, aquilo pra me consolar, me amansar, sei lá, mas então consegui olhar na cara dela, que estava seca e séria e era um rosto encantador que eu ainda não tinha visto direito, A culpa é toda sua — ela com voz de briga, aqueles jornais, *A Classe Operária*, que ele recebia não sei como, e que depois fiquei sabendo que não era um jornal anarquista, como ele dizia, era o jornal do Partido Comunista do Brasil, como me explicou o Bernardo em tudo que era manifestação, nós lá nem um pouco, minha mãe não gostava, A culpa é toda sua — levei o estudo da História a sério, até do início, aqueles prolegômenos uma palavra que virou brincadeira entre os do 1° até assim, vai tomar no seu prolegômeno ou isto mais parece um prolegômeno muitos sentidos, qualquer um que a gente quisesse dar nove ou dez nas reuniões lá pelo fim do ano esta rua ficou um pouco alagada, tenho que desviar rente às paredes sapato molhado é uma tragédia minha mãe dizia, Proíbe este menino de andar fazendo arruaça na rua, em dia de chuva tem de ficar dentro de casa — mas fiquei só três dias no hospital, três ou quatro já não me lembro bem enquanto isso, comecei a ler sobre política, não a politicalha que se pratica por aqui, com nomes a favor e nomes contra, quase todos atrás de uma sinecura, comecei a ler os filósofos que trataram de política, o que eles diziam, quais suas opiniões, ah, não poderia ter escolhido outro curso os diversos modos através dos tempos, desde os gregos, a gente ria na faculdade quando se falava da democracia dos gregos, escravistas como foram, democracia seletiva o Bernardo, que sem aqueles que tratavam da subsistência de todos, não haveria quem pensasse e estabelecesse os princípios da civilização ocidental, seus valores, a identidade dos seres humanos dizia aquilo e nós outros caíamos de pau no Bernardo, porque ele estava justificando um regime escravagista, porque então poderia também defender o capitalismo, que proporcionou o acúmulo de capital para poder desenvolver-se, e isso nas costas da classe operária seu argumento, Economia é ciência e não moral a gente ainda não entendia muito bem o que ele queria dizer com aquilo e para esconder nossa ignorância ficávamos calados, Porra, o cara jogou água suja em mim. Seu porco, idiota — meu grito ficou rodando pelo vazio da rua porque o porco e idiota ele já não alcançava mais mas um desabafo os olhos dela principalmente dançando nos meus bati a calça no lugar respingado também não foi grande coisa de câncer na próstata e olha que fazia todos os exames, toque e PSA, quando foram ver, já era metástase, o corpo tomado três dias sem comparecer às aulas e o Bernardo e o Aleixo, acho que mais alguém do 1º, compareceram minha mãe dizia entre baba e lágrimas que queria ir junto não foi e fiquei cuidando dela acho que uns três dias enfim, era minha mãe e eu filho único o jornal nem era anarquista, eles só existiram, como aprendi na faculdade, nos fins do século XIX e início do século XX imigrantes italianos e espanhóis não sei explicar, mas à medida que me imagino mais perto de casa meus músculos endurecem e sinto dor em todas as articulações minha respiração esta praça, vaga ideia quase todas muito parecidas mas aqui ninguém dá carona só eu mesmo com minha ingenuidade, o número era falso várias vezes e a voz era grave de um homem e o idiota aqui nem o nome perguntou ela queria ir com ele, que era o culpado de tudo também, debaixo daquela chuva o pensamento da gente parece que encolhe pra não se molhar mas isso foi lá pelo início do curso, mais tarde consegui uns dez, e o Bernardo continuou liderando o grupo, que tinha contatos, ele, por isso trazia não sabíamos de onde as palavras de ordem, as urgências, e que estávamos articulados com outras faculdades o Bernardo. Então, naquele tempo, já estávamos namorando. Resolvi cabular a aula uma noite e desde cedo, ali pelas cinco, ficar sentado na escadaria da Faculdade de Pedagogia, que depois descobri o nome correto que era Faculdade de Educação fumei uns cinco cigarros até ela aparecer, dei um pulo em sua frente e o susto foi tamanho que ela até derrubou os livros que trazia presos no braço esquerdo os olhos dela por pouco não saltaram, enormes, assustados, Ahã, te peguei, hein! — e ela então me reconheceu e começou a rir isso era uma coisa que eu já sabia, que uma pessoa que começa a rir desarma suas defesas, o riso do jeito que ela riu é uma linha de contato com o outro, diferente do riso sarcástico, que é muralha entre as pessoas nós não precisamos ser ilhas sem ponte, a vida seria terrível tamanha a solidão não somos seres para o solipsismo, estamos muito mais perto de pertencermos a um rebanho isso a gente discutiu em uma das reuniões, deu pau de rebanho a gente costuma xingar as pessoas alienadas outra palavra da moda e que tem vários sentidos mas em política nós sabíamos o que queríamos dizer é o medo, isso de carona, uns têm medo dos outros, ninguém confia em ninguém depois daquele dia, a gente se encontrava com bastante frequência, telefones verdadeiros e essas coisas não adiantava eu avisar porque o Bernardo não dava importância a meus avisos, Não — ela disse quando um dia a convidei para uma reunião que não, que não gostava de política, e eu tenho a impressão de que ela entendia política como politicalha ela e minha mãe, A culpa é toda sua — mas meu pai logo depois o câncer levou uns quatro dias em casa, consolando minha mãe.

*

Capítulo 2

Não me lembro mas parece que não, porque não havia aquela farmácia ali, nem a padaria, e das casas também não me lembro, só os canteiros e as árvores, não, mas não foi aqui, e também os bancos, encontrei um praticamente seco porque de pedra, uma imitação de granito avermelhado, que não absorve a água, não encharca a polícia precisava era acabar com a raça de vocês, tenho certeza de que não foi aqui, nem do outro lado da praça porque era um talude com grama e uns arbustos onde uma pedra se escondia não foi aqui não, há pessoas que não aceitam os diferentes, acham-se tão bons se acham perfeitos que só o que dizem ou fazem é verdadeiro, ora acabar com a raça de vocês, e a minha mãe dizia que a culpa era do meu pai, culpa do quê?, uma vez ele perguntou e ela não soube direito o que responder, as pessoas recomeçam a normalidade de suas vidas, as calçadas cheias de passos apressados agora com este sol primeiro, por instinto, o impulso foi para me esconder, um guarda passando na calçada, mas claro, com tanto tempo, eles um pouco frio, o banco, sim, tomei chuva na passeata e acabei pegando uma pneumonia, A culpa é toda sua — meu pai participava, era cidadão, ao contrário da minha mãe que só queria saber o que acontecia em seu quintal, muita gente só vê o seu quintal, o mundo que se frega, se eu estou bem, o mundo que se frega conheço muita gente foi no segundo ano que nosso grupo mostrou sua força, agora já éramos mais de dez, todos nós trabalhando de uma forma coordenada, e eu insistia com o Bernardo, Entre nós há um espião, um infiltrado — isso eu provei depois de uma reunião em que combinamos pichar uns muros na avenida D. Pedro II quando chegamos lá, a polícia nos esperava quase todos nós fomos fichados pois a Circe me disse que participar da luta não participava, mas suspeitava de quem fosse o infiltrado porque em sua sala na Pedagogia tinha colegas que conheciam o Celso de longa data, e disseram que ele era informante da polícia e já começa a esfriar, esta brisa este espaço todo, e não sei o que é pior, se o pequeno espaço limitado pelas paredes ou esta ausência angustiante de limites às vezes me parece mais confortável saber até onde posso ir do que esta vertigem de não saber se estou despencando no abismo por isso muita gente se volta para a filosofia ou a religião que as duas mostram caminhos e limites um dia cheguei no Celso e empurrei ele para um canto, Olhaqui, já tenho a bomba e esta noite arrebento aquela guarita do quartel, aquela que fica na esquina da Teodoro com a Castelo Branco — meu observatório foi o apartamento de um amigo, que nem do nosso grupo era escondido atrás da cortina observei a movimentação toda eles cercaram tudo mantendo disfarces, meio escondidos, sem chamar a atenção dos transeuntes mas eu lá de cima conseguia perceber todas as manobras o Celso tinha passado o serviço. Não sei mesmo o que é pior no dia seguinte, Mas o que foi que aconteceu? — Sabe, fiquei com medo, vi muito soldado do lado de fora do quartel e alguns policiais disfarçados, por isso desisti — acho que ficou desconfiado logo nos primeiros dias, tudo, um ruído, uma sombra, uma voz presa em palavras, tudo me metia medo, mas aprendi que cada situação cria suas idiossincrasias, o estado lírico é produto de uma situação lírica, como o trágico anuncia uma tragédia o medo, medo, medo, o medo, quando foi que nesta droga da minha vida me vi inteiramente livre dele?, quando perdi meu pai, vendo as pazadas de terra que se despejavam sobre o caixão produzindo um som que parecia vir lá do fundo do planeta fiquei aterrorizado pois era uma parte de mim que se enterrava, e me senti mutilado e um medo medonho me atacou por saber que nunca mais seria filho de um homem bom que me havia criado sua inexistência me afetava profundamente, desde o início, desde a primeira notícia não consegui parar de chorar e o choro continuou até muito depois de ele sumido da superfície onde eu, apesar do medo escuro que me atacava, era obrigado a continuar depois, bem, depois minhas lembranças estão esgarçadas, se misturam, embaralham, e me vejo no estreito espaço entre paredes sujas, de reboco com falhas desenhando todos os países da Terra, o Bernardo, que eu era muito corajoso, sem imaginar o que me custava aquela coragem mas expulsamos o Celso sem que ele soubesse quem o tinha entregado, mesmo assim, quando me via obrigado a cruzar com ele, o medo meu estômago e acho que meus pés inchados porque no sapato pra onde agora? Olho em volta e não sei onde estou, mas aqui sei que não posso ficar, vejo um guarda que sai da padaria, atravessa a rua e entra na praça será que ele pode me ajudar?, mais e mais perto, cada vez mais perto, na minha barriga o frio, o guarda chegando, pode ser que ele me leia, se hoje de manhã consegui minha liberdade?, ouço o ruído rouco de seus sapatos no saibro, cada vez mais perto o suor um suor frio a blusa na sacola, e tenho medo de mexer na sacola, o guarda pode querer ver mais, o que trago escondido, o que trago escondido? Eu, escondido! Escova e pasta de dentes, uma cueca, de que posso estar sendo acusado?, as testemunhas, que fui eu porque só nós dois na praça, aquela discussão, O erro da ditadura de 64 foi não ter matado todos vocês os esquerdopatas — e dizer que tinha sido amigo meu, defendendo tortura e até assassinatos como podia ser amigo meu?, o Bernardo finalmente convencido nunca mais tive notícias dele depois que se formou também me formei, ainda tinha meu pai e a Circe foi como se firmou nosso namoro só que ela desistiu na metade do caminho bem, nem sei direito como foi aquilo de um namoro se firmar, mas lembro que logo no início nos primeiros encontros pedi para conhecer seus pais, a casa onde ela morava e ela se parou a rir, que seus pais moravam muito longe, num estado distante e que se me apetecia conhecer o lugar onde ela morava uma hora me levava até a pensão em que coabitava com outros estudantes, os Fagundes sempre viveram em Bacabal e eu a encarei com a testa em dúvida porque nunca tinha ouvido falar durante o dia, ah, sim, escrevente, multinacional, e meu nacionalismo ainda um pouco juvenil, fez careta porque me lembrei do meu pai, Você é o culpado de tudo — o guarda ali, na minha frente me levantei quase gritando, Por favor — ele parou me olhando com olhos curiosos?, acho que não, muito mais para indiferentes abordagens como a minha, por favor, provavelmente ele tem várias a cada dia, já nem se comove. Parado espera e como não continuo, intimidado, ele comanda a situação, como deve ser, e responde, Pois não — que é como funciona a língua com seus mistérios que usa "não" para confirmar e "sim" para negar, pois se digo "pois sim" é porque estou duvidando, isso tudo me ocorre com a velocidade do pensamento, este bichinho incontrolável faço meu pedido de informação: dou o endereço do tempo em que me prenderam e pergunto se pode me indicar algum albergue, pois já temo ter de passar a noite por aí. Com o tempo que passei enjaulado sem ter notícia nenhuma da minha família, minha mulher e meus filhos, desconfio do que posso vir a descobrir, gelo de medo do que posso descobrir, mas a vida agora é pra frente, preciso matar o passado. O guarda me pede para repetir o endereço, o que faço, então ergue a cabeça como se lesse no céu, e diz, Ah, mas é bem longe daqui, na metade do caminho nesta mesma direção, numa travessa, a rua Diogo do Amaral, há um albergue para desabrigados — impressão de que sorriu filho de uma puta!, meu pensamento. Recolheu o bigode que se fazia de moldura para o sorriso e seguiu amassando saibro com seus passos escuros minha ansiedade, há mais de quinze anos sem notícia, o que poderei encontrar?, sigo rumo contrário àquele do guarda, como foi sua indicação meus pés danificados mas é claro que não foi aqui, porque além de estar muito longe de casa, num bairro que eu nem conhecia, não tem o talude, tampouco aquela pedra onde ele bateu a cabeça a padaria e seu cheiro de pão, uma tontura fecho a cara e entro sem dinheiro, mas qualquer pão velho, qualquer coisa pois estou somente com o café da manhã não é grande coisa, mas já ando sem sentir aquela fome as pessoas com quem cruzo, sei que é cisma pensar que todas me olham lendo meu passado por que não tomo um ônibus, um táxi, posso ver no rosto daquele homem seu pensamento, vai à merda!, vai cuidar da sua vida!, ele não imagina as injustiças que sofri e a Circe, hein, eu não esperava uma única visita para dizer que não aguentava mais, porque as crianças nossos filhos depois disso, o silêncio até hoje, quando fui a julgamento, ela ficou em dúvida sobre minha inocência, chegou a negar, mas acostumado com a variedade do ser humano, percebi em seus olhos qualquer coisa como uma acusação ideia nenhuma, não sei como recomeçar a vida aqui fora sem costume farmácia, loja de roupas, de sapatos, um açougue, impressão de que tudo isso apareceu por aqui só hoje, as portas iluminadas, no alto de alguns postes uma lâmpada morrendo de tão amarela sei que não posso entrar nesses lugares, mas espero que encontrada minha gente eles me ajudem a reaprender a caminhar, meus filhos pelo menos ali, Diogo do Amaral, não fossem esses pés doendo, ia em frente, mesmo sem luz, mas amanhã de manhã retomo a caminhada antes da esquina, como qualquer esmoleiro onde minha dignidade, a dignidade de um professor?, o que não suporta um ser humano, até que ponto pode descer pela sobrevivência aqui me parece que estamos muito perto do centro minha casa num bairro ainda distante eis o albergue espio pela porta aberta, ambiente escuro, não me animo a entrar logo dois bancos de pedra na calçada e é onde me instalo provisoriamente medo do escuro, no escuro o desconhecido, preciso vencer este sentimento mesquinho, na minha consciência continuo inocente, com alma pura, apesar de assustado e as árvores começam a parecer sombras apenas algum fantasma escuro e as casas começam a encolher e fechar-se a noite caindo numa lentidão quase imperceptível dois homens se arrastam na entrada do albergue e me examinam pois nunca me viram aqui apesar da pouca luz, descubro em seus olhares uma espécie de menosprezo com que os donos do pedaço costumam receber forasteiros se soubessem que por dentro desta capa de miséria existe um professor acho que não me desprezariam desta maneira só quando diplomado e consegui uma vaga na escola do meu bairro resolvemos casar, a Circe tinha desistido de seu curso há bastante tempo, acho que ela fez um ou dois anos apenas, satisfeita com seu emprego de digitadora em que ela era muito boa depois também minha mãe pouco antes de nosso casamento a Zoé chegou apressada, sem esperar os nove meses, mas é claro que nós já praticávamos sexo desde meu segundo ano me lembro bem das artimanhas que usávamos para entrar no meu quarto sem testemunhas então, quando chegava a madrugada com sua claridade azul ela dizia, Já vou indo — e eu a acompanhava até um pedaço da rua, uma esquina, então voltava para dormir um resto de sono aqui eu começo a sentir frio, este vento gelado, sorte um funcionário vir até a porta, O senhor precisa de alguma coisa? — e disse a ele o que acontecia não tudo é claro mas o que era conveniente e ele me mandou funcionários têm voz de comando quase sempre mandou que eu entrasse porque ainda havia cama vaga e quando não tem mais a gente estende no salão uns colchonetes mas ninguém volta daqui sem alguma atenção e aquela conversa com a voz de repente amaciada começava a me conquistar, melhor ainda quando me mandou que sentasse à mesa porque estava saindo uma sopa de legumes ora ora ora e não era outra a coisa de que necessitava, agora sim, uma noite escura em que janelas abertas, lâmpadas no alto dos postes só podem confirmar, ninguém quer falar comigo, apesar de me sentir satisfeito o estômago aquecido mesmo assim não quero iniciar conversa com ninguém e se eu estava parecendo maltrapilho porque a roupa tinha secado no meu corpo uma vez peguei pneumonia e minha mãe, A culpa é toda sua, com esses jornais, a cabeça do menino — essas coisas todas que ela adorava dizer.

*

Capítulo 3

Minha primeira noite em liberdade não teve um sono tranquilo, como eu esperava os sonhos, curtos e rápidos, se sucediam, se atropelavam, batiam fortes em minha consciência até me acordarem, muitas vezes, sonhei muito, vários sonhos, com uma queda em poço sem fundo de madrugada, depois de alguns instantes de sono profundo, acordei na cela e cheguei a ouvir o ronco de meu companheiro, que parecia um caminhão escalando uma rampa abri os olhos e achei que estivesse ainda na prisão, mas o que acontecia comigo, os espaços haviam mudado de lugar, estiquei o braço e em lugar da parede, como era, não encontrei nada e quase caí da cama uma vez no hospital com pneumonia, acordei no meu quarto, mas estava tudo fora de lugar, sem falar no medo que senti no meio daquele povo havia de tudo até bandido e o medo ajudava a estragar meu sono, quando acenderam as luzes do salão/

dormitório, eu recém tinha acordado e assisti ao movimento daquele pessoal todo e pensei que eles não tinham mais o que perder, pois não tinham nada, de repente vi começar uma fila para a higiene matinal e me apressei para não ficar muito tempo esperando tinha dormido só de cueca e senti cãibra umas vezes por causa do frio, e só de cueca eu era ainda diferente dos demais, meus cabelos, a pele clara do meu rosto, meu corpo empinado, quer dizer que uma noite em cama decente, quente cobertor, me fez bem, apesar das cãibras, mas a culpa é da minha perna que teimava em botar o nariz de fora escovei os dentes, ah, com que prazer escovei os dentes, sensação de frescor, a boca limpa daquele muco noturno e me indicaram a direção do refeitório, acabei de fazer meu desjejum e não tenho pressa de sair daqui, vou esperar o sol aparecer porque só me faltava começar a chover outra vez, finalmente na rua, um funcionário do albergue me indicou um caminho melhor, um atalho, perguntou se eu tinha algum dinheiro e respondi a verdade, Não tenho — e não sei qual era a intenção dele ao perguntar, porque ele percebeu que não se tratava de um mendigo, eu, com minha aparência, que apesar de prejudicada ainda assim era diferente dos demais frequentadores do albergue, também nunca entendi o Maurício, porque o Aleixo, o Marcondes e todos os outros, um grupo indissolúvel, como então pensávamos, depois da faculdade foi cada um para seu lado, mas o Maurício, o que será que a mãe dele, as nuvens correndo céleres, para o norte, e o azul translúcido substituindo o cinza delas, bem assim, o frio já não é tão grande, nada disso aqui conheço, mas um ônibus que passou indicava Lavradio lugar em que estive umas duas vezes acho que estou no caminho certo pois eu sigo em direção oposta, acho que estou no rumo certo alguns terrenos baldios à direita, umas casas com a cara da pobreza quase todas com cachorros no quintal, uns meninos só de shortinho cor de barro brincando nos terrenos baldios quase sempre pelada com bolas de plástico multicolorido e vozes vindo por portas e janelas abertas para a entrada do ar que já começa a amornar, é este o atalho que o funcionário do albergue me ensinou, nosso casamento foi muito simples, uma cerimônia no cartório, como testemunhas dois colegas da faculdade e da Circe duas amigas do serviço dela depois fomos almoçar no Shangrilá, tudo por conta da minha mãe, A culpa é toda sua — ela já estava doente, seu estômago, e da família da Circe ninguém apareceu, que é muito longe, muito longe, mais de um dia de viagem, ela me disse e concordei, pois se ela já tinha idade para decidir sua vida, seus parentes não fariam diferença, e fomos morar com minha mãe porque morava sozinha naquela casa, a mesma do tempo em que meu pai vivia, e falava do Anarquismo, que depois fiquei sabendo que lia o jornal do PCdoB, que de anarquista nada tinha ele era apaixonado pela ideia de uma sociedade tão civilizada, mas tão civilizada que não precisaria mais de polícia, de governo, sem chefe de qualquer natureza, e dizia, Isto é o futuro da humanidade, meu filho — mas não teve tempo de conferir, talvez eu também não tenha os pés começam a doer novamente por isso diminuo o ritmo com o intuito de poupá-los quantos quilômetros já andei desde ontem de manhã quando ultrapassei aquele portão e me botei livre nas ruas?, não, de esporte, não, nunca fui muito amigo, mas quando ainda criança eu sabia o nome das capitais de todos os países do mundo, com algumas informações, nunca mais voltei ao Shangrilá, não sei a causa, talvez fossem os preços do restaurante, ou lembranças desagradáveis, mas do quê?, eu sofro desses buracos negros da memória, episódios que não me arrisco a valorar e que se esvaem pouco tempo depois de realizado, só sei que nunca mais tive a tentação de almoçar naquele restaurante, não, não teria qualquer companhia feminina com quem celebrar algum incidente da vida, nunca traí a Circe, nem tive tempo para tanto, mas continuo achando que uma aventura sexual está fora de cogitação principalmente agora que, não, casto não, até que me excito quando penso na Circe nua em cima da cama, de preferência a Circe, ela me proporciona todas as emoções e sensações de que tenho necessidade para sobreviver, claro que enjaulado, meses e meses, muitos anos, tive de me dedicar muitas vezes ao onanismo para não ejacular no lençol que eles fornecem, da lavanderia alguns colegas praticavam o estupro, juntando muitas vezes quatro ou cinco detentos para violentar um prisioneiro mais fraco e casos como do Manezinho não eram raros eu preferia o esporte dos cinco dedos, arrependimento?, claro, não sou de pedra, mas muito poucos, aquele soco, por exemplo, eu acho que não deveria ter dado minha vida teria pegado rumo diferente, e acho que melhor do que foi minha mãe, que queria ir junto com meu pai sem saber viver sozinha, assim, umas quireras que me voltam à memória, algumas delas me causam remorso e me provocam arrependimento, a calçada aqui já é mais regular e os terrenos baldios vão rareando, até movimento de carros, e aquele prédio escuro ali na frente, uns dez andares eu conheço, é o moinho, mas então já estou perto de casa e estas palmeiras na rua também já vi, ai, minha mãe, a praça, a praça onde, umas árvores maiores, algumas envelhecidas, com barba-de-pau, tudo mais velho, mas no lugar certo o eco dos meus sapatos nas aleias, terrível, o talude e a pedra parecem agora menores, ali na frente o bar e à meia-noite bebiam e jogavam dominó, o infeliz queria discutir comigo e A falha da ditadura foi não ter matado todos vocês — e devolvi somente E você é um filho da puta — A culpa é toda sua — ela dizia — botando minhoca na cabeça do menino — que nem eram anarquistas os jornais que ele me passava, mas quando a gente conversava até de madrugada, ela. Vem dormir, Alexandre — e a gente continuava na sala, falando mais baixo, porque sabíamos que ela acabava dormindo sem esperar meu pai, não terminei a frase e o Ananias me deu um soco no peito, um quarteirão pra frente e meus joelhos parece que vão ceder as pernas tremendo o coração batendo uma nuvem nos meus olhos porque estou chegando, só um pouco de fome, na próxima esquina viro à direita, nesta farmácia aí, principalmente meu pai no último ano de sua vida, ele sabia que estava no fim, só podia ser porque me chamava para seu lado sempre que eu estivesse sem fazer nada, me contava histórias como aquela do menino que nadando pedia socorro e quando vinha alguém ajudá-lo, caía na gargalhada até o dia em que gritou pedindo socorro e ninguém acreditou, ficaram todos rindo e ele se afogou, tudo história assim, história que ensina a viver falava de honra, honestidade e a honra, ele dizia, é mais importante do que a felicidade ele sabia que não era mais hora de ouvir exemplos, essas pequenas narrativas morais, que isto tudo ele deveria ter contado lá pelos meus dez anos, então me parecia que ele estivesse querendo recuperar o tempo perdido lá pelos meus quinze anos ele me deu de presente não me lembro bem mas acho que uns vinte volumes da História Universal de Cesare Cantù, me advertindo que era um escritor muito católico e me prometeu um autor mais confiável, mas eu acho que o dinheiro andava curto pois só no ano seguinte ele veio muito contente da rua com um pacote e me disse, Adivinha o que tem aqui dentro — eu imaginei que fosse livro, mas não adivinharia qual livro poderia ser, e sôfrego abri o pacote, três livros de Eric Hobsbawm, A era dos impérios, Era dos extremos, A era das revoluções, Ele é mais confiável — explicou — não só por ser contemporâneo, mas sua visão do mundo e da sociedade humana estão mais próximas de nós, meu pai sempre senti muita falta dele, definir politicamente meu pai, isso não consigo, mas de uma coisa tenho certeza, ele não era pobre que vota em rico como muito sabujo que conheci, aquele Ananias, um tosco que não tinha onde cair morto, sem trocadilho, e defendia um regime em que ele era um zé-ninguém, vivia mal, acho que até fome ele passava às vezes, me deu um soco no peito, porra, eu não tinha como deixar barato e revidei com um soco no nariz e o filho da puta não é que me cai batendo a cabeça naquela pedra no pé do talude?, a cabeça era oca e rachou, minha desgraça meu pai, Não aceite provocação, é isso que eles querem o teu descontrole — mas receber um soco no peito?, não estava em mim deixar por isso mesmo, nunca fui de violência, nunca iniciei uma briga, mas um soco no peito que ressoou e fez eco nos meus ouvidos, ah, não, dei uma resposta que foi a minha desgraça quantos anos ele tinha?, e eu?, nós ali, tarde da noite, discutindo política não éramos seres com idade, nós éramos o fruto de centenas, talvez milhares de anos de história da humanidade o Bernardo, que sem a escravidão na Grécia antiga, a filosofia e a gente na reunião queria trucidar o Bernardo, mas ele explicou, pois é, nós dois, tese e antítese de uma contradição, uma contradição que não se resolveu, não atingiu sua síntese nós dois, o Ananias e eu as casas, depois do moinho, vão melhorando de aspecto, já estou no meu bairro, onde nossa casa, apesar dos meus pés inchados, minhas mãos também, os dedos grossos, com pouco movimento e o céu capricha no azul que nos oferece, quase um sol de clima tropical, mas sem tanta rudeza, aquela de arder na pele e esquentar a cabeça, o cabelo fervendo e o suor a escorrer por dentro da camisa e o advogado também, na primeira entrevista, ele em dúvida, nem que sim, nem que não, O fato, seu Renato, é que lá do bar eles viram, não os que jogavam dominó, concentrados, mas aqueles que do lado de fora conversavam, e no talude um corpo sem vida, sim, mas não foi homicídio doloso, foi culposo, como o senhor já ouviu, pois a causa da morte não foi o soco que lhe dei — então ele ergueu uma das sobrancelhas não acreditando na minha inocência, sim, que viram meu soco depois não viram mais nada a não ser a minha saída do espaço que eles chamaram de fuga e chamaram a polícia depois de descobrirem que aquele Ananias não respirava mais, e no júri só tinha eleitor deles do lado de lá conhecidos meus alguns e inimigos políticos do meu pai outros e eu avisei o advogado, mas ele não tomou nenhuma providência aceitando os nomes todos da chamada sei dizer que eles nem se deram ao trabalho de ouvir as argumentações, que foram muito fracas, mas, enfim, argumentações, a discussão e o soco não deveriam ter acontecido se eu tivesse ouvido os companheiros do nosso grupo, Quando não há, por pequena que seja, uma base comum de pensamento, a discussão é estéril, perda de tempo — eu com minha mania de professor *on-line* queria converter qualquer um que pensasse diferente de mim, quando a minha mãe, a casa cresceu e ficou vazia a mesma, porque o lugar é este entre o sobrado e a lanchonete, com as duas colunas sustentando o pequeno telhado, tudo meio velho, as telhas e paredes, minhas pernas me sustêm mal, e agora inventaram de botar um muro, claro que me lembro da cerca de tela, um muro com portão de aço, meu coração me espanca e o botão da campainha pressiono e espero funciona porque ouço o som que vem de dentro da casa a porta se abre quatro metros de onde estou na calçada na frente do portão e abro melhor os olhos porque é figura desconhecida uma mulher magra e ruiva que pergunta o que quero e digo que é a casa onde eu morava com a Circe e os dois filhos e ela sacode a cabeça não aqui ninguém tem esse nome se tem alguma notícia que não apenas dois anos morando aqui que nem conhece de ouvir falar e parece que os inquilinos anteriores era um casal de velhinhos que voltaram para o Nordeste e que os donos da lanchonete também novos na região agradeço e me despeço alguma notícia no sobrado volto um pouco e toco outra vez uma campainha lá da janela um adolescente pergunta o que quero e conto minha história, não tudo é claro, e ele diz que moram no sobrado há dez anos e que na casa ao lado morava um casal de velhinhos que se mudou para o Nordeste há vários anos, então não sei mais o que fazer e fico parado o coração apertado, murcho, porque era aqui o reinício da minha vida normal.

*

Capítulo 4

Debaixo de um céu total e profundamente azul, me segurei com as duas mãos no alto do portão e ali fiquei com respiração funda o ar querendo acabar e eu vejo o mundo entrando em uma noite anacrônica e me seguro com mãos de ferro, ferramentas, pois apesar das sombras quase noturnas, sinto que o mundo vai girando e me sinto de cabeça para baixo, o suor, e da janela o rapaz me pergunta se mais alguma coisa e peço um copo de água, ele desaparece por uns tempos e volta a aparecer na porta principal com um copo na mão, a sede é tamanha que quero despejar a água goela abaixo e por isso ela escorre pelos cantos da boca e molha minha camisa, mas não faz mal, o sol desce vertical para lamber minha roupa devolvo o copo, agradeço e me largo do portão, dou dez passos e olho para trás e descubro que o rapaz continua no portão me observando por isso me examino e chego à conclusão de que minha aparência não é tão boa que me credencie para uma recepção mais amistosa no albergue, olhei em volta quase na hora de dormir e percebi que em matéria de aparência lá dentro eu era um príncipe, o medo me acordava toda hora, meus pés pesados gostariam de se arrastar nas lajotas da calçada e me exigem esforço para não parecer um velho mendigo mas e agora, que faço, para onde vou, o que será de mim?, passo outra vez pela frente da "minha casa" e sigo em frente por não ter onde ficar parado, não ter um lugar realmente meu, onde me encoste para descansar o advogado não chegou a me dizer mas sua intervenção, a defesa, me convenceram de que ele não acreditou na minha inocência e era uma coisa simples, um gesto meu não teve a intenção de matar foi até uma espécie de defesa pois ele me atingiu no peito e se preparava para me atacar novamente, um gesto pelo qual me responsabilizo, mas meu soco não matou aquele Ananias, a queda dele batendo a cabeça em uma pedra, isso sim, mas o promotor conquistou os jurados e defendeu uma tese absurda, totalmente absurda, Você é o culpado de tudo — então, meu pai se não fosse meu pai, mas volto mais e se meu avô e por causa de tanto "se" o mundo seria outro, não precisaria haver tanta miséria, este abismo entre os mais e os menos atravesso a rua transversal e continuo no mesmo rumo, me lembro desta padaria, e a Circe, hein, como imaginar, onde ela comprava as coisas de comer, o café da manhã antes de sair para a escola, a Circe, que parecia uma profecia, a farmácia também é do meu tempo só que maior muito mais bonita agora algumas pessoas se dão bem na vida algumas o que não se pode generalizar e na esquina o posto de combustível, o mesmo, ah, não, cobertura metálica antigamente era uma laje e mais duas bombas agora mas o lugar é o mesmo e a marca também o frentista sentado num banco de madeira perto da porta fica me cuidando engatilhado para um assalto?, e mesmo de longe eu o cumprimento, ele responde de má vontade pois não vim abastecer o que faço ele pensa na direção da porta?, pergunto a ele pelo dono do posto e um homem aí dos seus sessenta anos abre a porta de vidro e sai, me olha do sapato aos cabelos, inclina a cabeça enruga a testa e também eu tenho a impressão de que é alguém do meu passado, quando ele diz, Deseja alguma coisa? — dou dois passos e me jogo em seus braços, que ainda não me aceitam muito bem, e ao mesmo tempo grito, Seu Lourenço — e assim como só o reconheci pela voz ele também bastou me ouvir para me afastar um pouco olhar bem pra minha cara e por sua vez, arregalando os olhos gritar, Mas não é que é o Renato! — e voltamos a apertar peito contra peito com nossas alegrias grudadas em nossos rostos, e ele quer saber e eu quero ainda mais do que ele, por isso me toma pelo braço e atravessamos a saleta dos lubrificantes, passamos por uma porta que ele abre e entramos na sala que tem cara de escritório, com escrivaninha, armário com livros contábeis e mais uns objetos que vejo de relance e sem interesse, seu Lourenço me indica uma cadeira e sentamos ao mesmo tempo, Ali — ele aponta uma caixa de papelão num canto — estão suas coisas, documentos peças de roupa, coisas que a dona Circe deixou comigo quando veio se despedir — Mas despedir como? — Sim, ela e o Maurício foram embora para o Maranhão, coisa de parentes que ela tem lá, mas acho que também algum caso com homem, não sei bem, a Zoé já estava casada com um rapaz de Goiás há bastante tempo e nunca mais tive notícia dela — eu seguro as lágrimas enquanto posso, mas agora elas rompem a barragem e me molham o rosto, seu Lourenço finge não ver e continua dando as notícias, poucas, que tem, e me pergunta se tenho onde ficar e confesso a ele que a noite anterior tinha dormido no albergue, Ah, não, no meio daqueles mendigos imundos que nunca trocam de roupa, ah, isso não, você vai é ficar por aqui, olha, eu estava mesmo precisando de um guarda que cuidasse do posto à noite, tem um colchonete naquele armário, com travesseiro, lençol, entende?, e depois das dez da noite é passar a chave em tudo e dormir, até as dez fica um frentista, e é sempre arriscado, por isso, ele abre uma gaveta, Olhaqui — e me alcança um revólver calibre 32 e reajo dizendo que nunca tive uma arma na mão, coisa e tal, e ele insiste porque é muito fácil e me faz pegar a arma pra senti-la, E depois, Renato, você já tem a experiência de matar alguém — dou um pulo da cadeira e ele se toca da afirmação maldosa, Me desculpe, Renato, conheço bem a história e nesse tempo todo acreditei na sua inocência, me desculpe — em seu rosto descubro arrependimento, volto a sentar, suspiro porque preciso de muito ar para não ficar tonto, ele me pergunta se já almocei hoje e atravessamos a rua porque ele também está sem almoço e o ar do restaurante está ainda mais frio do que lá fora, e depois de sentados ele me pergunta o que quero comer e respondo que não tenho dinheiro nenhum, por isso, como o que ele achar que devo, se é que devo, então muito contente ele solta uma gargalhada, Mas claro que deve — então chama o garçom e encomenda dois pratos de arroz a cavalo, um bife em cima do qual um ovo frito e não me lembro de comer com tanta vontade, a melhor comida dos últimos nem sei quantos anos, voltamos a passo lento para o posto, um passo de passeio, ele dizendo que sabe da minha qualificação e que só quer me ajudar até meu retorno a alguma escola, pergunto a seu Lourenço, Mas então, como é que vão as coisas neste país? — e ele sacode a cabeça que assim, assim, que a eleição saiu como esperava, mas que o governo estava fazendo muita bobagem, principalmente para os mais pobres, Sabe, as garantias trabalhistas, estas coisas que já vinham de muito tempo, isso tudo acabou — e ouvindo seu Lourenço dizer o que vem dizendo, me parece que ele não sabe direito de que lado está, ora, conheço muita gente que nega a existência de contradição entre capital e trabalho, porque os dois, eles dizem, são complementares, como se os interesses de uns não se opusessem aos interesses dos outros, também acho que seu Lourenço nunca se preocupou com política, A culpa é toda sua — minha mãe, às vezes ouço sua voz, não nítida como a voz de meu pai, mesmo assim aquela rouquidão com que falava não se desprega do meu ouvido, Aqui no posto, por exemplo, a gente não para de reajustar os combustíveis, os motoristas brigam com a gente, xingam como se a situação não viesse lá de cima, de outras coisas nem falo porque não acompanho, mas no meu setor a coisa está é muito braba — seu Lourenço manda que o frentista, um deles, vá almoçar, e o rapaz pega sua marmita e vai sentar do outro lado do posto, num banquinho de três pernas que fica na sombra, nisto, antes que voltemos à sala, chega um carro para abastecer e seu Lourenço me convida, Vem, Renato, vai aprendendo — e ele mesmo vai atender o motorista, Etanol ou gasolina, ah, mais ou menos equilibrado, sabe, aquela continha dos setenta por cento, então gasolina, pode adiantar o carro um passo mais — e enfia o bico da mangueira na abertura que leva ao tanque do carro, eu acompanho por acompanhar pois me parece que se for preciso posso fazer tudo isso com um pé nas costas, talvez trocar o óleo eu não saiba, mas tenho noções, não acredito que seja muito difícil, bem, além disso não pretendo ficar muito tempo neste posto, seu Lourenço passa o cartão de crédito e pergunta se algo mais, o motorista agradece, seu Lourenço agradece e o carro sai vagaroso até chegar à rua, voltamos para a sala pois o outro frentista já terminou sua refeição, sentados como estávamos antes, pergunto se seu Lourenço tem alguma dica, uma pista qualquer da minha família, ele ergue a cabeça como se quisesse descobrir alguma resposta no teto, então me diz Olha, havia um homem que veio de caminhonete buscar seu povo e não querendo maldar, tive a impressão de que aquele homem era um caso de dona Circe, ele abasteceu a caminhonete aqui, quis pagar com cheque e eu não aceitei, cartão ou dinheiro, e ele pagou em dinheiro, e o jeito com que eles se tratavam, veja bem, você sabe que não sou de fuxico, deus me livre, não era um jeito de parente nem de amigo, entende? A Zoé, bem, a Zoé casou como se deve e depois disso nunca mais tive notícia, na época me disseram que ela ia morar no Pará, ou no Maranhão, já não me lembro bem, praqueles lados — seu Lourenço explica minha situação para os dois frentistas e vai para o centro da cidade resolver assuntos dele, fico portanto a tarde toda a zanzar pelo entorno do posto, já perto da noite o frio aumenta e o vento corta sobre minha cabeça não mais um céu completamente azul, mas o peso das notícias que ouvi, meus pés não pisam mais o cimento em torno do posto, meus pés não pisam mais, eu não os sinto, meu corpo dormente não sente mais do que a solidão, uma solidão que me nega o futuro, que me destrói o passado, me sinto vegetal, porque não penso, porque não sinto, oco e seco e só e sem qualquer possibilidade de organizar algum pensamento sem possibilidade de qualquer sensação, um sentimento único, um vegetal que brota nas areias quentes do deserto, e sem nenhuma perspectiva de futuro qual a valia da vida sentido invalidado, ah, meu pai quanta falta sinto de sua companhia, de suas palavras, de sua humilde, mas tão verdadeira visão do homem e da sociedade, só, mais um carro estaciona ao lado da bomba de combustível, tento me humanizar pela ação e fico junto ao frentista observando o que ele faz, essa ruptura com meus sentimentos me alivia da solidão, mas é efêmero o estar no mundo, a sensação de que além da minha extensão existe o mundo, as pessoas, que cada qual a sua maneira vai suportando as dores e apegando-se a suas pequenas alegrias pouco antes da chegada de seu Lourenço, um dos frentistas sai do banheiro com o cabelo molhado, recendendo à erva-doce do sabonete, já vestido e dizendo que estava em sua hora, ficamos nós dois, um dos frentistas e eu conversando sem assunto, palavras a esmo, porque era também assim com minha mãe, nossas conversas não davam liga a não ser quando descambavam para o inclinado terreno das coisas práticas, o preço das mercadorias, o acidente da manhã, essas amenidades, já com meu pai, não, pensávamos no mundo, suas tragédias, as injustiças sociais, a própria organização da sociedade, às vezes trazíamos para nossa conversa um pouco de Kant, um tanto de Hegel, muito mais de Marx e Engels, que não eram anarquistas, mesmo assim eram amigos de meu pai. Nunca consegui definir direito as preferências políticas dele, suas simpatias, suas aversões, de uma coisa logo, logo tive certeza, ele odiava com fúria o nazismo e o fascismo, quando em algum noticiário aparecia um Hitler ou um Mussolini ele mandava que a gente mudasse de canal, dele herdei amores e ódios. Conheci na penitenciária várias modalidades do ódio o Donato, não me lembro bem quando, ele apareceu do meu lado e disse, Professor, preciso falar com alguém — eu estava sentado na cama e ele desceu do beliche, Preciso, porque eu matei e agora tenho vontade de morrer — ele quase chorando, também não sei como descobriram que eu era professor, mas olhei pra ele como quem diz pois então fale, Eu, me vendo assim ninguém imagina, matei, porque estava noivo, sabe, e adorava minha noiva, ela era tudo pra mim — com tudo chaveado, umas duas horas da manhã, acordo com o ruído de uma porta de carro que bate rouca, abro meus olhos e esfrego por causa do sono e vou para a sala dos lubrificantes de onde se vê tudo lá fora, são dois homens que de pé conversam e gesticulam eu escondido atrás dos baldes de óleo, observando por uma fresta, o revólver na mão suada, eles voltam para o carro, dão a partida e somem na direção da avenida, eu volto para meu colchonete, o coração ainda assustado, e me lembro do Donato, rapazinho franzino, cabelo liso com mecha caindo na testa, olhos muito vivos, mas uma expressão permanente de nervosismo, Então um dia em que deveria estar trabalhando pedi licença para consultar um dentista, a dor de dente não me deixava nem pensar, e o que foi que eu vi na saída do consultório?, minha noiva dentro de um carro nos maiores amassos com um cara, parei grudado à parede atrás de uma banca de jornal para que não me vissem e só faltaram fazer sexo em plena luz do dia com gente passando para um lado e outro, você acredita em mim?, pois então, minha noiva, que não podia me imaginar naquele lugar naquela hora, voltei para a fábrica passei a tarde toda com vontade de chorar, mas achando que assim não era atitude de um homem, por isso à noite fui até a casa dos pais dela, armado, e quando ela veio abrir a porta dei dois tiros no peito dela. Na mesma noite a polícia me pegou na casa dos meus pais — um pouco assustador aqueles dois homens fora do carro discutindo, ainda bem que não quiseram nada do posto a não ser a iluminação, eu acho, eu nem queria fugir, por isso fiquei até esperando, Você não acha que eu devia ter feito o que fiz? — no meio dos detentos por todo tipo de crimes, muita história, eu disse a ele que não, que um noivado se rompe com a maior facilidade e ele retrucou que um noivado pode ser uma previsão do futuro e o futuro é a vida e o rompimento pode ser o fim da vontade de viver, que não era só o rompimento do noivado era a dolorosa morte do amor, Isso que ela me roubou, você não acha que eu deveria fazer o que fiz? — e respondi novamente que não, pois agora talvez ele nunca mais sairia da prisão, ele me pediu que eu contasse a minha história e dei uma porção de desculpas até que por fim, pra não parecer um pateta entre os presos disse eu matei um cara que tentou me assaltar, e o Donato bateu palmas, que é assim mesmo, que é assim que se deve agir, e o seu Lourenço me perguntou se para mim tinha sido uma surpresa o comportamento da minha família, Pois é, seu Lourenço — essa conversa veio bem depois do meu relato sobre os dois homens conversando naquela madrugada na frente do posto, Pois é, desde muitos anos eu vinha desconfiando sem querer acreditar, aquela ausência da minha família era muito estranha e eu seria muito estúpido se não previsse a debandada mas acontece que a gente sempre alimenta uma ilusão de que a realidade não é bem assim.

*

Capítulo 5

Tenho feito três refeições por dia, todos os dias tomo banho, ajudo no que posso os frentistas e à noite sou o guarda do posto em troca da reconquista da minha dignidade, e aquele rapaz, como era mesmo o nome dele?, acho que era Donato, ah, sim, o Donato, só porque deixei que me contasse, ah, que peso ele não deve carregar para o resto da vida, o Donato, a noiva que se danasse, ele continuaria uma vida normal podendo até arranjar noiva melhor do que aquela, mas ele ficou desiludido, tamanho choque, mulher nenhuma conquistaria sua confiança não, mas nem comparação ninguém mata a soco ou quase ninguém isso que o advogado, meu advogado, não conseguiu entender, nem o júri, culpado, e o juiz despediu os jurados que não conseguiam me encarar, um professor ouvi diversas vezes em cochichos por trás de mim, hoje é o terceiro dia que saio visitando escolas, levando currículos, talvez na rede pública, onde faltam centenas de professores, a diretora me disse que daria resposta amanhã, coisa de um telefonema, e não quis me adiantar mais que isso, remoção, doença, essas coisas é que geralmente abrem vaga, mais certo que seja doença pois estamos no meio do ano o frio continua, mas já vejo alguns sinais da primavera, folhas que nascem brotos que despontam sol que se mostra tímido mas já não tem a mesma cor meio desbotada e carência de calor como uns poucos tempos atrás, ainda é possível caminhar com o sol na cabeça sem ficar machucado, não é grande coisa o que seu Lourenço me deu, mas é tudo, tudo não precisa ser muito mas é aquilo que completa, depois de uns tempos entrando na fila com eles, tomando sol no meio deles, comendo o que eles comiam, bem diferente do início quando eu era a peteca da maioria com gozação e às vezes até ameaças de uma agressão física, que felizmente não aconteceu, uma das coisas que me valeram, foi a notícia de que eu tinha matado um homem com um soco, então um pouco de respeito, mas é claro que não matei acho até que nem o soco eu dei ele tropeçou e caiu, depois descobriram não sei como que eu era professor, então muitos vieram me pedir ajuda em questões como leitura e escrita, foi a época em que entrei para o grupo da biblioteca, éramos vinte e cinco e em pouco tempo o chefe da carceragem me nomeou monitor da leitura e depois de uns meses eu já era o chefe da biblioteca, prestando serviço que me reduzia a pena, pouca coisa mas reduzia, e por isso mesmo, por ser o encarregado da biblioteca era onde passava a maior parte dos dias, quase sempre lendo, principalmente literatura, examinando as resenhas de meus companheiros de grupo porque a minha resenha não sei quem lia mas acho que era o diretor mesmo só uma coisa me deixava muito triste jamais recebi uma visita da minha mulher e dos filhos, a Circe, bem, a Circe não me causou surpresa, primeiro porque trabalhava oito horas por dia, mas também porque nossas relações andavam muito frouxas, uma indiferença de água morna, mas não esperava o mesmo comportamento da Zoé e do Maurício, o seu Lourenço me disse que a Zoé casou com um rapaz que veio do Norte e que nunca mais teve notícia dela, assim, que, se eu quisesse procurar minha filha, não saberia nem por onde começar o Brasil é um mundo e um mundo inteiro ninguém pode cobrir, pois é, nem o Maurício, bem, esse acho que nem me conheceu, não me lembro bem, mas parece que não tinha um ano quando fui preso, injustamente, claro, mas pouca gente pensou como eu, que foi a pedra que rachou a cabeça daquele filho da puta do Ananias, sobre a casa, seu Lourenço me contou que depois da Circe a casa ficou vazia por bastante tempo questão de inventário com a morte da velha para quem ia nosso aluguel, eu os filhos dela parece que brigaram muito na partilha como é comum acontecer então venderam para o dono da farmácia, melhor ramo de negócio num país doente como o nosso, e o dono da farmácia ainda demorou alguns meses para alugar a casa, e que agora morava lá uma família que veio do Sul e abriu uma lanchonete logo ali, as notícias, fui recolhendo aos pedaços, arrancando do passado o que fui para me entender nestes dias que correm e como não vai me dar tempo de visitar outra escola volto para o posto do seu Lourenço, mas já não volto sem alguma esperança porque a diretora me disse que voltasse amanhã logo depois do almoço e quando se fala "logo depois do almoço", tem aí um pressuposto falso, pois sei que há muita gente, pessoas, que não almoçam, então depois do almoço é apenas uma indicação de horário e volto de ônibus que estou um bocado longe do posto e pensar que tenho agora até roupa com que me trocar, um pouco de desespero ainda me amarga alguns momentos como em meu segundo dia de liberdade ao descobrir o abandono em que me deixou a família, me parecia que o futuro não existiria para mim a não ser como mendigo, hóspede do albergue, e naquele dia jantei, tomei banho, mas tive de me vestir novamente com a roupa cheirando mal, aí surge um seu Lourenço e aquela caixa de papelão, pelo menos isso a cretina da Circe, nome de feiticeira, eu não acredito nisso de destino, mas que o nome da bandida pareceu seu destino ah isso pareceu acho que tive foi muita sorte de cruzar com o dono do posto, porque sem ter comigo obrigação nenhuma me deu o impulso inicial, me ajudou muito, e é o que sempre penso, há muita gente má neste mundo, mas não posso dizer que são a maioria, muitos "seu Lourenço" devem existir por aí, de ônibus porque minhas pernas já pedem socorro o tanto que andei visitando escolas acho que todas do bairro, amanhã eu volto aqui quem sabe mas nesta rua não passa ônibus tenho de andar dois quarteirões até o ponto e por sorte o dia está nublado, umas nuvens cinza muito paradas em descanso depois mas bem depois acho que durante a noite elas viajam pra outras bandas sem que a gente veja e só se nota que se foram no alvorecer do dia seguinte quando o céu está azul e uns frangalhos de nuvens todas elas beirando o horizonte, quando criança, me deitava na grama perto da nossa casa e ficava olhando as nuvens brancas até ficar tonto, então fechava os olhos e me imaginava montado em alguma delas, leve, leve flutuando naquele imenso campo azul e o Donato o ônibus para no ponto e embarco rápido como permitem minhas pernas o Donato, coitado, um dia tentou o suicídio com um lençol feito corda enrolada no pescoço e seu rosto já estava ficando roxo quando um dos guardas por acaso viu e evitou a desgraça que, segundo o próprio, o Donato, desgraça maior é viver porque não faz sentido nunca mais sair daqui condenado a trinta anos ou sair inutilizado, eu, ele depois me disse, só queria acabar com o sofrimento, porque é só isso que aqui se tem, é sofrimento e não vida, pois me diga, professor, é vida estar eternamente confinado entre estas paredes e vendo o mundo fatiado por aquelas grades ali?, conversei muito com o Donato tentando infundir nele um pouco de ânimo, alguma alegria mesmo que efêmera e de pouca intensidade, mas algum gosto por estar vivo, ele relutou, argumentou e, por fim, inclinou a cabeça para um lado, para outro e não me disse mais nada, ele tinha tentado botar termo à vida, acho que o móvel principal de sua ação tenha sido o remorso, que amava sua noiva, que amava muito, de muito longe se vê o prédio do moinho, um prédio escuro, eu também, nos primeiros anos sentia impulsos suicidas por causa da injustiça que estava sofrendo, mas o tempo foi passando, a coragem não me ajudava até que por fim o costume, as relações, algumas atividades, como coordenador da biblioteca vão devolvendo à gente algum prazer, mesmo que irrisório, mas prazer e então vem novamente o apego à vida, um outro tipo de vida, coisa de que o mundo anda cheio, o ônibus segue a direção do poente e com intermitência vejo o Sol tocando a terra por cima das casas iluminando de uma luz avermelhada os telhados do casario, ele desce silencioso, mostrando uma cor decadente, que é brilho mas não é quente, um sol hibernal, um pouco pior do que meu estado de ânimo que agora volta pra casa, quer dizer, o posto com alguma esperança guardada no bolso da camisa, o Sol cada vez mais vermelho opaco, que noite assim, sem vento e fria é noite de geada, mas dois cobertores, como eu ganhei, pode vir até neve que não me impressiono, as casas que já ficaram do lado de cá recebendo o sol pela cozinha começam a encolher-se para que o frio não seja tão sentido, portas e janelas fechadas, as melhores com lareira onde crepita a lenha, outras se protegem com formas de folhas de flandres cheias de brasas colocadas estrategicamente onde a maioria dos pés pode se aproximar este ronco monótono do motor, as janelas fechadas com o frio prisioneiro lá fora, o Sol cada vez mais distante, tudo isso além dos meus braços cruzados sobre o peito vão me dando uma sonolência perigosa pois reconhece como paisagem de outros tempos muitas das casas, dos edifícios, das árvores por que passamos me são familiares, ou seja, o ponto onde devo descer não pode estar longe, desço do ônibus e ando dois quarteirões até o posto, levo uma pasta na mão com todos os documentos necessários a um pedido de emprego, quem me vê agora passo largo na calçada não me olha mais desconfiado, porque o julgamento das pessoas, o primeiro, se baseia na aparência e concordo que não tinha um bom aspecto, barba por fazer, roupa suja e amassada, praticamente arrastando os pés, não sei, mas acho que até eu, me vendo de fora, não pensaria tratar-se de um cidadão normal, e teria sido injusto comigo, pois na situação em que me encontrava não tinha escolha minha aparência correspondia perfeitamente ao que me acontecia ali na frente o posto e o posto que em toda minha vizinhança com ele me era indiferente agora o vejo e meu sangue se agita pois foi minha caverna o que me livrou de me transformar num andarilho, maltrapilho, um ser pouco mais que vegetal, o posto, e seu Lourenço, quantos anos deve ter esperado para se desincumbir da missão proposta por aquela Circe, a tarefa de me entregar a caixa com livros e roupa e documentos, ainda bem que ela não fez uma fogueira com aquilo tudo que é meu, vários carros na fila e seu Lourenço ajudando acho que fiz falta então chego perto do meu benfeitor e pergunto, Mas o que foi que aconteceu? — e ele me explica que a esposa do frentista da tarde e noite telefonou que seu marido estava com muita febre na cama e ela tinha chamado uma ambulância, Assim é — completa — que hoje tenho de ficar aqui até às dez — ele termina de abastecer um carro e vai buscar a máquina do cartão, quando na volta depois de ter atendido um dos motoristas antes que o próximo encostar na bomba sou incisivo, De maneira alguma, o senhor pode ir sossegado que eu tomo conta do posto — ele me olha curioso, não, admirado, acho que também não, me parece que seu olhar expressa é agradecimento, aí completo, O que o senhor fez por mim eu jamais vou poder pagar — ele sorri sem dizer nada e abre a tampa de combustível do carro e quase me vira as costas eu acho que de emocionado enquanto espera encher o tanque me aproximo e conto o que tinha acontecido na última escola visitada, a conversa com a diretora, a esperança medrando no meu peito e ele diz, Você merece, Renato, você merece — na sala do escritório, meu dormitório, me troco, e visto o macacão emprestado do frentista enfermo e volto para baixo do teto de zinco onde começo a trabalhar pois a fila não diminui de tamanho, o preço, os motoristas reclamam, os preços não param de aumentar, cada dia tem um preço novo e a televisão fica dizendo que nas refinarias os preços baixaram, mentira, eles todos vituperam com raiva um deles me pergunta se o posto é que fica com o sobrelucro e mesmo sem certeza do que digo informo que não, que o posto está pagando até mais para os distribuidores, E a gente votou nesta cambada, não é mesmo? — E é claro que eu não fico contando a história da minha vida para me justificar que eu não votei, pois estava enjaulado, à noite, sozinho, ainda atendo a uns dez carros que foram rareando até que às dez desligo tudo me troco, e deitado no colchonete como o sanduíche que deixei aqui na hora do almoço, e tomo uns goles de refrigerante, apago as luzes, fecho os olhos e me preparo para chamar o sono, que não vem, a ansiedade não me deixa dormir, fico me imaginando naquela escola, como serão os alunos, e os professores como serão, é uma escola com tudo novo até a quadra dá a impressão de recém-inaugurada, a diretora, de cabelos brancos mas poucas rugas uns olhos muito vivos e de fala mansa, quero muito ser um professor daquela escola e abro muito a boca como se quisesse engolir a escola porque o sono parece que vem chegando.

*

Capítulo 6

Porque estivesse chovendo, de manhã, quando acordei, percebi a água escorrendo numa parede de vidro, tratei de botar uma blusa quase impermeável e pegar um guarda-chuva, às duas horas, ela tinha dito ontem, duas horas de segunda-feira e protegido fui até a padaria fazer meu desjejum, a padaria de todas as manhãs, meu desjejum que é o café da manhã meu pai dizia que era a refeição mais importante do dia nem por isso comíamos bacon ou omelete era café com leite e pão com margarina e o balconista que todas as manhãs me atende já sabe do que se constitui meu café da manhã, O alimento antes do desgaste, entendeu, meu filho? — professor de História tem certo apego ao que já passou, sabe que o mundo não foi inventado agora pra seu deleite e esta consciência da passagem do tempo talvez seja o conceito mais importante que deverá transmitir, pois em uma classe de ensino médio, há quantos anos passados?, a maioria dos alunos pensava que a televisão sempre existira assim como o telefone celular, automóvel, então, era anterior à arca de Noé, organizar a mentalidade desses adolescentes na linha do tempo é importante na formação dos valores deles, pago meu café, hoje comi um sanduíche de presunto e queijo, e pago com meu dinheiro que é curto, mas suficiente para minhas miudezas, mas você nunca teve vontade de chorar nunca aqui preso, algumas vezes?, e saio na chuva que começa a cair oblíqua um forte vento açoitando minhas pernas, na entrada do posto, seu Lourenço me esperava e sorriu quando o frentista lá da bomba número dois onde abastecia um carrinho velho gritou, É hoje — e o patrão repetiu, Então é hoje — os dois tocaram nos meus nervos porque eu estou muito esperançoso e quanto maior a esperança maior a ansiedade porque se falha uma promessa pouco mais que indiferente o vazio não é tão grande, quanto a uma expectativa muito grande, não sei... a chuva acaba num chuvisqueiro irritante de pouco barulho mas encharcando as ruas e casas, encharcando as pessoas que enfrentam o tempo, encharcam a cidade atrapalhando as rotinas, é hoje, cochicho para mim mesmo e para me distrair começo a me trocar lentamente pensamento disperso bem longe do que estou fazendo uma calça jeans suja e rasgada, uma camisa de mangas compridas um macacão por cima de tudo, sento na cadeira do seu Lourenço, escoro os cotovelos em sua escrivaninha e me olho por dentro e só vejo a escola onde devo me apresentar às duas da tarde para saber a resposta ao meu pedido de emprego, meu deus, como é preciso conseguir uma vaga para que minha vida tome um rumo e comece a reconstruir um futuro na penitenciária me endureci para o passado e fui alargando meus limites até encontrar alguma satisfação no que fazia, por fim todos os detentos que cruzavam comigo me chamavam de professor, muitos deles nem ficaram sabendo meu nome, e me tornei amigo dos sentenciados, dos guardas e da direção da unidade, e isso que nos primeiros tempos pensei em acabar com a vida, planejei botar fogo no prédio, pensei em fugir e vivia numa tensão que me arrebentava os músculos descobri a biblioteca entrei para o grupo de leitura até me tornar o coordenador das atividades culturais da prisão, conseguindo uma boa redução na minha pena mas é claro que chorei e não foi uma vez só seu Lourenço espia pela porta de vidro e me levanto abruptamente já estou indo seu Lourenço passo por ele com vergonha de ter estado parado e descubro que não há nenhum carro esperando e chorei porque além da liberdade tive a intuição de que com ela, a liberdade, perdia também minha família notícia nenhuma chegada de fora de onde eu tinha convicção que deveria vir alguns dos livros líamos em grupo, seu Lourenço entra na sala e ocupa sua cadeira sem dizer nada ele quase sempre muito silencioso e ocupo a cadeira que fica na frente da escrivaninha então ele me pede que conte passagens da minha vida principalmente como era meu relacionamento com meu pai que coisas ele dizia ou fazia e como aquilo penetrava em mim na minha mente e disse que um de seus filhos por causa das drogas apesar de tudo que ele recomendava que não fizessem continuo clareando algumas passagens que já estavam prestes a desaparecer e vejo que mais do que me ouvir ele sentia necessidade de dizer para seu desabafo ficamos bastante tempo um em companhia do outro revolvendo nossas recordações futucando em nossas feridas e eu tive a impressão numa hora que ele acabava chorando mas não chorou outras vezes chorei foi por me saber inocente porque foi aquela pedra enorme que rachou a cabeça daquele filho da puta do Ananias um choro de raiva que eu praticava sempre escondido sem testemunha e não podia dizer que era inocente claro porque no presídio noventa por cento dos detentos dizem a mesma coisa provocando o riso dos guardas de quem eu não podia perder o respeito só por isso um choro de raiva por ter sido preparado para uma profissão que eu até poderia dizer que era uma nobre profissão e muito bem preparado e acabava por causa de um acidente em companhia de todo tipo de meliantes, aliás, de quem me tornei amigo muitos deles eu ajudei com conselhos com cartas que escrevia ou lia muitos levei para o grupo de leitura porque era uma redução ou remissão das penas mas tudo que ajuda a diminuir é bem-vindo a pior coisa que pode acontecer a um homem é ter de ficar parado sem nada para fazer além de ficar contando os dedos da mão sei o que é pleonasmo e que dos pés são artelhos claro que sei minha formação escolar pra quem duvida foi muito boa meu pai, com seriedade, meu filho, e seu Lourenço me conta que seu filho acabou numa *overdose* o movimento está fraco acho que por causa do chuvisqueiro e digo que sim vamos almoçar que não vai almoçar em casa porque ruas alagadas escorregadias que até já telefonou sim por aqui mesmo e saímos os dois para o restaurante logo depois do escritório de contabilidade uns cinco anos ou mais, ele responde enquanto atravessamos a rua que apesar do calçamento está um pouco enlameada e usamos o mesmo guarda-chuva que muito mal nos protege por causa da obliquidade este vento ele responde sim uns cinco anos mas o casal que lhe restou só alegria dão aos pais já formados e bem-encaminhados na vida só alegria e peço um frango a passarinho com arroz e salada sim mais folhas e alguns legumes o restaurante está com cara de noite por causa do dia nublado e alguém reclama por isso o patrão manda um dos funcionários acender as lâmpadas é preciso que eu fale o tempo todo ou apenas ouça para diminuir a ansiedade que aumenta na proporção inversa do tempo que falta, É hoje — até o frentista solidário e lá está ele no banquinho de três pernas à nossa espera porque agora ele é que vai para o almoço, a marmita fria, um detento não gostou da carta recebida lida por mim e andou dizendo que ia me matar no outro dia não apareceu porque estava morto, ainda bem que nas investigações ninguém olhou para meu lado aí vem o ônibus, as mesmas casas, alguns prédios de vários andares o prédio do moinho não sei se sujo ou enfumaçado mas de qualquer maneira escuro tão escuro que de longe pode ser identificado e finalmente desço e desço com alegria porque pagar as passagens com dinheiro meu, adquirido com meu trabalho que não é muito, assim como o dinheiro que é pouco, mas não é de favor, não é esmola, eu trabalho e eu pago minhas despesas mesmo que parcas como são, minhas pernas, bem, minhas pernas estão com comando próprio e são cinco minutos para as duas quando aperto o botão da campainha e uma funcionária vem abrir o portão muito gentil no seu cumprimento com um sorriso quase endoideço de felicidade ver uma pessoa do sexo feminino com um sorriso num rosto lindo olhando para mim quase endoideço porque não sabia mais o que era isso, sou levado diretamente para a sala da diretoria e a funcionária me indica uma cadeira dizendo que já, já a senhora diretora vem me atender, que está terminando seu almoço na cantina aproveito para correr o olhar em volta os detalhes as cortinas e as fotos nas paredes o lustre no teto brilhante um mapa do Brasil na parede oposta às janelas o globo sobre um console o telefone mudo e quieto acho que de alabastro e detalhes de metal, vejo tudo sem pressa e ainda não me decido se a sala é um lugar agradável ou se seu aspecto é repelente porque isso vai depender do que me dirá a diretora que acaba de abrir a porta e me cumprimenta de lá mesmo com sorriso eu me levanto e minhas pernas estão tremendo ela nem imagina a importância que dou a este momento minha cabeça gira sou um carrossel aperta minha mão manda que eu sente contorna a escrivaninha e ocupa seu lugar, Seu Renato, posso chamá-lo apenas de professor Renato? — e sua pergunta é vento fresco no meu rosto, Mas é claro que pode — Pois é, hoje de manhã o professor Raul ligou informando que dentro de dois dias vai sofrer a cirurgia do aneurisma que já está se preparando, é, na quarta-feira, sim um aneurisma numa região muito perigosa dentro do crânio e pelo que falou o médico este ano não terá mais condições de trabalhar e que se for preciso a esposa vem até aqui para pegar algum documento que esteja faltando para regularizar sua situação, desta forma, professor Renato, é uma vaga provisória, temporária, mas a vaga é sua, então peço que amanhã você traga todos os documentos que a secretaria vai pedir — reparo então quanto é belo seu sorriso, seus olhos, os lábios, seus cabelos e fico à beira de uma paixão, Ah, já trouxe?, então deixe com a secretária e amanhã de manhã você já pode assinar o ponto, seu horário está no quadro, pode copiar todas as classes que estiverem com o nome do professor Raul, não é muito legal o que lhe estou fazendo pois você deveria inscrever-se na Diretoria de Ensino, mas liguei para a diretora e ela me autorizou a contratação de forma que amanhã mesmo você pode assumir as classes, o diário e os livros estão no armário dele, a secretária está com a chave então se quiser ficar por aqui mais algum tempo para ir familiarizando-se com o ambiente — respondo que por minha vontade vou andar por aí até o fim do expediente, ela se levanta e entendo que está na hora de sair por isso me levanto também, aperto sua mão e me retiro, a secretária abre no guichê sua *checklist* e vamos conferindo à medida que lhe entrego os documentos, por fim ela os prende com um clipe, sorri e diz que está tudo em ordem e que a partir de amanhã, terça-feira, devo assinar o livro ponto, me recomenda também que copie o horário do professor Raul que está no quadro, pergunto se é só isso, ela sacode a cabeça confirmando, me despeço e saio pelo corredor meio escuro por causa do dia de céu encoberto por nuvens que continuam a escoar tristemente seu chuvisqueiro sobre a cidade, e como não sei nada da escola a não ser que estou empregado, pergunto a uma funcionária que vai passando onde fica a biblioteca no andar de cima no fim do corredor ela me indica e lá vou eu porque minha curiosidade são os livros na minha antiga escola apesar de toda briga que fazíamos com a direção a biblioteca era um depósito de livros empoeirados fechada à chave e a diretora dizia que os alunos só estragavam ou roubavam os livros e depois da minha experiência com a biblioteca da penitenciária passei a pensar que melhor é ter livros estragados ou roubados do que os ter empoeirados num depósito que nunca se abre, finalmente chego ao fundo do corredor e encontro uma porta aberta mostrando uma sala repleta de livros então entro, cumprimento a mocinha que trabalha parece que remendando livros sobre sua escrivaninha e conversamos sobre acervo horários frequência essas coisas sobre as quais se pode conversar com uma bibliotecária, descubro que ela não tem formação sobre o assunto e me prontifico a ajudá-la porque estudei técnicas de biblioteconomia na prisão, só que onde eu não digo, ela sorri contente e me diz que fica muito agradecida, passeio um pouco nos corredores entre as estantes e me sinto vivo outra vez, depois vou à cantina, pago um lanche com meu dinheiro adquirido com meu trabalho, desço até o pátio vou à quadra onde alguns que estão tendo aula ficam me olhando, mas acho que minha aparência não infunde medo, uma aparência recuperada de professor.

*

Capítulo 7

Com medo de me atrasar cheguei meia hora antes o portão ainda fechado aluno nenhum nem professor só eu aqui disfarçando debaixo desta marquise porque o chuvisqueiro alternando-se com chuvarada desde ontem não cessam portas e janelas fechadas imitando um domingo as ruas desertas o povo em desfrute do último sono mas só imitando porque hoje é terça e eu sozinho na frente da escola à espera matéria em que já sou bem treinado nestas horas o que me valia era um cigarro, pois é, mas ia ficando cada vez mais difícil de arranjar um que acabei por abandonar definitivamente o cigarro de minha vida talvez até pudesse agora retomar o vício mas não vou cair nesta tentação porque me convenci de que gasto duas coisas o dinheiro e a saúde começam a chegar pais com filhos e filhos sozinhos até um carro parou expelindo crianças que de guarda-chuva aberto se postam na frente do portão as coisas que vou aprendendo deve estar na hora em que alguém virá abrir o portão, É assim o mundo meu filho — a mãe que chega a pé conduzindo sua filha pela mão a mãe tem pernas lisas bem torneadas e um corpo muito bem feito, as curvas o quadril até seu pescoço parece uma mensagem sedutora no presídio nos primeiros tempos senti falta de mulher alguns detentos usufruíam de encontros íntimos com suas consortes ou apenas namoradas e comecei morrendo de inveja conseguindo ereção apenas de pensar naqueles companheiros com suas mulheres foi então que perdi a vergonha de me masturbar coisa muito comum entre os detentos que, como eu, não recebiam visitas femininas nem se sentiam atraídos por uma relação homo, um dos detentos metido a engraçado vivia dizendo que levava sua amante para todo lugar, dormia com ela todas as noites e dizia que ela tinha cinco dedos, alguns riam dele, de sua piada outros se incomodavam porque provavelmente era um assunto em que se sentiam roubados, seu pior castigo, e eis que finalmente o portão está sendo aberto e as dezenas de alunos começam a entrar com pressa porque a chuva já vai substituindo o chuvisqueiro, me junto à multidão e desço rampa até o saguão da escola onde fica a maioria conversando em pequenos grupos barulhentos e eu como se nunca me tivessem separado deste ambiente, como parte antiga deste local entro pelo corredor e ouço o ruído seco de meus sapatos no piso que me leva até a sala dos professores, que examino pela porta aberta e percebo que está vazia por isso volto caminhando lentamente pois não quero ser o primeiro lá dentro uma vez que seria o ponto exato de todos os olhares que fossem entrando vou até o andar superior conferir a sala do 1° C, caminho como quem faz estes percursos todos os dias, um olhar distraído, um andar sem pressa na subida da escadaria quase carregado pelo bando barulhento e tenho a impressão de que eles nem percebem um ser estranho caminhando entre eles tenho de fingir alguma coisa rápido e espio para dentro de uma sala para fingir que descubro não ter chegado ainda quem procuro por isso volto agora contra a maré humana raspando meu ombro contra a parede até chegar ao piso inferior onde a maioria dos alunos já está nas devidas salas por isso sigo pelo corredor e da última porta ouço conversa em altos brados alguma coisa vai mal nesta sala olho pra dentro e penso nisso vejo a diretora que vem na minha direção com seu sorriso expresso em seu rosto me cumprimenta e me convida a entrar na sala subitamente em silêncio e na cabeceira da mesa ela de pé espera que cessem todas as conversas cumprimenta os professores e eu aqui do seu lado não que eu seja muito tímido mas percebo que os colegas mais do que para a diretora dirigem seus olhares para mim um desconforto pois não sei onde botar as mãos nem os olhos e ela começa dando notícias do professor Raul, Amanhã finalmente e peço que aqueles que tenham uma crença qualquer crença rezem por ele segundo me disse os médicos já avisaram que este ano ele não vai poder voltar e a segunda notícia é a chegada do professor Renato que em caráter temporário vai ocupar a vaga do professor Raul, nós investigamos junto à Diretoria de Ensino e descobrimos que o professor Renato além de ser o único candidato à vaga é quem provavelmente teria o maior número de pontos para preenchê-la — enquanto ela fala, discretamente meus olhos fazem uma varredura pela sala rosto a rosto e descubro que sou o professor mais velho daqui, muitos deles pouco passaram dos vinte anos e talvez ainda tenham mentalidade de adolescente a diretora termina seu discurso deseja boa aula a todos e se retira devolvendo aos professores a vontade de se engalfinharem porque as discussões aos brados recomeçam ainda não entendi bem o que está em causa mas parece que tem alguma coisa a ver com a política atual assunto de que não tenho noção há tanto tempo como se estivesse a sete palmos de profundidade lá naquele mundo um outro mundo em que tudo é mais elementar sem a biblioteca não sei não o que seria de mim, fecho o armário depois de ter pegado todo o material e procuro uma cadeira vaga que por sorte não está na frente de batalha pois não estou pronto pra briga a meu lado senta uma professora que presumo não ter chegado aos trinta, cabelo escorrido, um verdadeiro sol, olhos azuis, silenciosa, não conversa com os outros e imagino que também seja como eu ainda em estado de inauguração, não posso esquecer de assinar o ponto e agora já sei onde fica porque acaba de entrar uma professora que mal entrou vai lá assinar quando ela me vê aqui sentado fingindo que estou examinando os diários de classe ela faz um ar de espanto e fica um tempo me olhando como se minha estampa me explicasse e é claro que ela sabe a história do professor Raul e deve deduzir que eu seja o substituto e eu sei muito bem que substituto quase sempre sofre nos primeiros dias pois as classes já tinham sido conquistadas pelo professor titular minha mãe ficou decepcionada quando falei que pretendia estudar História e ser professor, uma profissão sem prestígio nenhum ela disse, porque na opinião da minha mãe profissão de respeito, os doutores, eram médicos, dentistas, engenheiros, e até advogados, não me sinto muito à vontade com a pausa que fazem na briga porque aproveitam a trégua para ficarem quase todos me olhando por isso me concentro no fingimento de estar examinando os diários de classe, e pra falar a verdade muito discretamente examino toda a sala, as cortinas de juta cor de palha, muito bem passadas, limpíssimas, claro início de semestre, atrás de mim o bebedouro e a seu lado a mesinha com as garrafas térmicas, café com e sem açúcar, nem me lembrava mais a diferença porque no presídio era sempre um café melado de tanto açúcar e não havia escolha ou este ou nenhum, as duas luminárias aqui sobre a mesa, e, coisa rara, a mesa de alguns metros de comprimento coberta por uma toalha branca, acho que a diretora dá muita importância às aparências porque ela também, vem trabalhar num chiquê de dar inveja, toda maquiada, salto alto, vestido de incrível bom gosto e reparei que ela usa meias quase transparentes e umas pernas do joelho pra baixo melhor nem pensar nisso me acostumei com os recortes de revistas para os quais ficava olhando na hora e o cara dizia que a amante dele tinha cinco dedos enfim a campainha toca convocando-nos para o trabalho, alguns levantam-se imediatamente, como a loira aqui do meu lado, que me pergunta se sei qual é minha sala, Você já sabe qual a sala? — que já sei, muito obrigado e ela me deixa enquanto vai saindo um sorriso que é puro perfume de alfazema num rosto divino, outros ainda terminam a discussão e dois deles saem discutindo pelo corredor, me parece que se odeiam me levanto e me dirijo para a porta nem na frente nem atrás do grupo faço o possível para não ser notado entro na sala do 1º C com as mãos úmidas e acaba a zoeira de colmeia porque eles ficam curiosos a respeito da minha figura desconhecida e eu avanço como se entrasse na toca de alguma fera tenso preparado para me defender mas é coisa desnecessária porque a classe toda está perplexa com a falta do professor Raul, um sujeito que soube captar a simpatia do alunado porque é pouca coisa mais velho do que eles conhece a língua que eles usam enfim já soube alguma coisa a respeito do colega então me apresento escrevendo meu nome na lousa e a disciplina que vou lecionar então uma das meninas da primeira fila levanta a mão faço com a cabeça um gesto afirmativo sim pode falar e ela pergunta o que é feito do professor Raul é o momento em que o enxame volta a barulhar fico na minha calado as mãos espalmadas como se fosse uma entrega e aos poucos retorna o silêncio um a zero pra mim por ter conseguido o silêncio sem uma palavra e digo a eles o que a diretora nos disse na sala dos professores a maioria da classe mostra-se espantada, Bem, e agora vamos à chamada — que inicio sentado atrás da mesa chamando o nome e levantando a cabeça para começar a identificação dos alunos, neste tempo já começo a identificar os tímidos, os exibidos que fazem de tudo para impressionar as meninas e entre elas as que pedem para ser impressionadas, e finalmente os dois palhaços, aqueles que do ponto de vista da disciplina me darão mais trabalho, um senta bem no meio da turma e o outro fica no fundão camuflado atrás de um sorriso permanente e meio calhorda dos que ficam esperando a primeira oportunidade para levantar o riso da classe me levanto o mais alto que posso para ficar por cima porque ainda não sei como é este 1º C, e vou até a lousa para escrever em letras que até um cego enxergue RENASCIMENTO, nascido de transformações sociais profundas, com a burguesia em busca de hegemonia social que disputava com a aristocracia medieval e agrária o pensamento passa por mudanças radicais assim como os costumes e vou escrevendo palavras-chave na lousa e as artes, a cultura em geral que se move de um pensamento teocêntrico para uma crença antropocêntrica, ou seja, o pensamento religioso perde espaço para o pensamento científico, eles me olham quase angustiados pois nem abro o livro para dar base a meu discurso, passo a discutir com eles o sentido de teocentrismo e antropocentrismo e vejo que são menos atrasados do que vinha pensando, algumas intervenções são bastante inteligentes o que não evita que aquele menino do fundão solte uma gargalhada extemporânea que a classe quase toda acompanha, paro com as mãos erguidas as palmas viradas pra eles e espero o silêncio, que demora, mas se restabelece, com a maior calma deste mundo, mesmo que fingida, chamo o aluno pelo nome, o engraçadinho, e aviso com voz doce e olhar afetuoso, Mais um gracejo desse tipo, seu Arlindo, o senhor vai mais cedo pra casa, pode ter certeza — não se ouve da classe nem a respiração, e o Arlindo, que no início parecia querer confrontar-me, enfia a cabeça com seus olhos para o piso da sala e não se move mais, primeiro dia, minha experiência, é o índice para o resto do ano, foi assim também no grupo de leitura, todos adultos e alguns querendo disputar-me a liderança, bato firme e forte, mato mesmo caso contrário entrego o comando a quem não devo entregar não, claro que não vou receber e o detento autor da resenha me ameaçou, mas tinha consciência de que era uma cópia de turma mais antiga a que teve acesso, não recebo, eu firme, mesmo com o medo grudado nas minha bochechas, mas acho que o medo dele era maior do que o meu se eu sabia qual era minha sala meu deus e que sorriso os olhos quase escondidos pelas pálpebras caindo preguiçosas não tenho mais treino mas a mim pareceu que era um olhar de sedução, e seduziu os outros ficaram bem quietos quando ameacei de mandar o Arlindo mais cedo pra casa então digo a ele que no fim das aulas preciso bater um papinho com ele e isso eu digo de um modo bem amigável que não tenho intenção de arranjar briga com aluno nenhum e entramos nos minutos finais da aula e peço à turma que me tragam para a próxima aula uma resenha sobre Tintoreto, Da Vinci, Michelângelo, Petrarca, Bocaccio, Camões, bem seis expoentes das artes, É claro que vocês vão dividir formando seis grupos que deverão adotar os autores, a divisão fica por conta de vocês — mal dou as instruções toca o sinal para troca de sala. Me despeço com gentileza a que eles respondem em coro.

*

Capítulo 8

Ela disse que conhecia, Sei onde é — e disse com convicção por isso devo esperar aqui mesmo este meu costume de chegar mais cedo prefiro chegar meia hora antes a chegar cinco minutos depois uma das normas era sempre chegar antes e ficar camuflado de algum modo que permitisse observar o movimento em toda volta talvez tenha desencadeado um pouco de ciúme em alguns professores o recém-chegado monopoliza a loira de olhos azuis e pergunto, E você também é nova nesta escola? — Não, este é o segundo ano que trabalho aqui — Sim, porque sempre te vejo meio isolada sem entrar nas discussões dos colegas — e o sorriso perfumado aquele, um sorriso de alfazema precede sua explicação, que não entrava na discussão porque são todos cabeça feita e polarizados agarrados com força em suas convicções, então aproveito e acrescento uma ideia que nem é minha mas que tem regido meu pensamento, Sem uma base mínima de concordância, qualquer discussão é inútil, é perda de tempo — e ela concorda, Desde o início do ano eles discutem sempre os mesmos defendendo as mesmas posições ninguém convence ninguém e já aconteceu até agressão física, mas não participar dos debates não significa neutralidade, tenho minhas opiniões — Mesmo porque neutralidade não existe, sua posição nunca é equidistante, se você não se envolve é porque aceita o *status quo* portanto mesmo que não queira favorece um dos lados, não acha? — Em menos de um mês já nos encontrávamos fora da escola, eu, tentando esconder meu passado recente, ela demonstrando curiosidade a respeito dos meus itinerários de vida, na sala dos professores evitávamos revelar nossas preferências um pelo outro, mas no caminho pra casa, ela me dava carona e nos finais de semana não parávamos de falar, Meus pais, Renato, são ingênuos em suas posições políticas, mas sabe aquela ingenuidade que faz do pobre no Brasil sempre um eleitor do seu patrão? A mentalidade escravista não sumiu ainda, ela persiste entre os pobres que só votam nos ricos — fiquei bestificado com a compreensão da política da Valquíria porque no meu preconceito interesse por política era privilégio de mulher feia, toma na canela, preconceituoso, mas o fato é que fui descobrindo com os encontros nossa afinidade em muitas outras coisas, por isso a necessidade de conversar com alguém sobre minhas posições ideológicas encontrava solução em nossos encontros, mas eu sentia que o mundo em que pisava era uma areia movediça que aos poucos iria me engolindo, porque ela já nos entendia namorados palavra feia de pouco trânsito na atualidade, já percebi, e como namorados precisávamos saber muito mais um do outro porque tentávamos possuir-nos e a posse pressupõe conhecimento e isso mesmo foi o que ela me disse um dia numa praça perto da escola, com palavras afetuosas discordei, Não existe posse — rebati sem ferir, mas como acréscimo, bem assim meus pais como descreveram o início porque depois ele tomando posição contra e ela pensando que era neutra bem agora já faltam dez minutos e continuo num banco escondido por algumas moitas me chamava ou chama ainda de misterioso e tanto era o mistério que temi acabar-se nosso relacionamento só por isso marquei o encontro aqui bem cedo na hora do almoço conheço um restaurante bem bom a menos de dois quarteirões nenhum deles dos funcionários é do meu tempo por isso não me reconheceram como prefiro eu dizia, Não estou preparado para te contar tudo mas essa hora há de chegar, procure entender, bem e hoje é o dia não vou esconder nada dê no que der, esta praça me traz péssimas recordações mas só aqui eu teria coragem de me abrir como vou tentar debaixo deste céu de um azul transparente profundo e recebendo no rosto esta brisa fresca me avisando que ainda é primavera e no meio de árvores alegres satisfeitas, lá do outro lado os dois pés de ipê ajudando o sol a iluminar esta praça e ali adiante um canteiro de amores-perfeitos flores que me lembram a adolescência sem nenhuma diferença como se o tempo estivesse parado para nós o tempo ele nos atropela e só sei que passa porque passo com ele assim no miúdo é impossível perceber mas depois de tantos anos fora do mundo na volta tenho a nítida impressão de que o tempo envelheceu um pouco algumas destas árvores não tinham a minha altura ah então se não se vê o tempo passando pode-se ver o efeito de sua passagem e ei-la no carro que acaba de estacionar logo ali eu a vejo e ela não me vê por isso abandono meu abrigo e saio para o sol e o saibro ela abana dizendo que já me viu e respondo abanando também e mal nos cumprimentamos mostrando os dentes nos atracamos num beijo beirando um coito ao ar livre eles lá da frente do bar me viram agachado examinando o Ananias, que tinha rachado a cabeça naquela pedra sobressaindo do talude, eles ficaram olhando na frente do bar mais iluminados do que eu mesmo assim tratei de me mandar mas eles chamaram a polícia e deram meu endereço escolhemos um banco à sombra de um fícus bem copado um lugar que o sol não alcança e ela, Bem, hoje é o dia de revelar o que se esconde por baixo de seus mistérios, não é mesmo? — e concordo, Sim e escolhi esta praça não foi por acaso, ela me traz recordação de um fato que mudou inteiramente os caminhos da minha vida — ela se mostra atenta como se minhas palavras fossem o ar que ela respira, então a Valquíria pede, Continua! — mas eu começo a ter dificuldades para saber como iniciar, então decido, Terminei o curso de História e resolvi casar com a Circe, que já vinha namorando desde o primeiro ou o segundo ano da faculdade — seus olhos se abrem muito sua testa se enruga, séria, mas isso eu já esperava e pego a mão dela, que está fria e frouxa como um passarinho morto, Sim — confirmo — eu fui casado, tive uma filha que sumiu no barco de um casamento e deve andar por ninguém sabe onde por este oceano que se chama Brasil, ideia nenhuma de onde pode estar a criatura, e um filho, que era bebê de berço quando desapareci, ele sumiu com a mãe e ninguém sabe para que lado se mandaram, no posto o seu Lourenço tem uma vaga lembrança de ter ouvido falar em Goiás, mas também não tem certeza, sumiram — Notícia nenhuma? — Valquíria quer saber, claro, hoje é minha namorada e precisa conhecer suas possibilidades, eu entendo, mas não digo nada. Depois da faculdade, mantive minhas convicções políticas não só como homenagem a meu pai, mas por ser o que penso a respeito da sociedade, seu futuro, e ingenuamente participei de muitas discussões até que me apareceu esse Ananias defendendo a ditadura, como dizia, que a única falha da ditadura foi não ter matado todos os esquerdopatas do país, na minha cara, sabendo de meu pensamento, então respondi que ele era um filho da puta, quando recebi um soco no peito cujo eco me pareceu de um tambor, e não pensei, foi ato reflexo o soco com que respondi, um soco em cheio em sua testa, ali, daqui você pode ver, o talude, uma pedra enorme, pois com meu soco ele perdeu o equilíbrio e na queda bateu a cabeça na pedra, me agachei para conferir o que acontecia e vi que uns caras lá na frente do bar, e o bar ainda existe, são outros proprietários mas está lá com o balcão imundo, teias de aranha nas garrafas empoeiradas e um pouco de cheiro de mijo também, sempre foi assim, pois os caras quando vi estavam olhando para nós, o Ananias e eu, por isso tratei de me mandar pra casa, mas eu era conhecido nas redondezas, era onde eu morava, eles chamaram a polícia e deram meu endereço não deu dez minutos eles batiam na minha porta, mas claro que me considerava inocente, pois não tive a intenção de matá-lo, foi um acidente, mesmo assim, tive de passar procuração a um advogado, um cretino que nunca acreditou na minha inocência, ele defendeu a tese do homicídio culposo, mas o promotor esmagou meu advogado falando em homicídio doloso e o júri, muitos dos quais conheciam minhas posições, que nunca escondi, me consideraram culpado, dezessete anos, Valquíria, e só agora ressurjo para a vida — ela me pergunta sobre a família, Pois é, Valquíria, sou viúvo de mulher viva, talvez, e pai, como posso me sentir pai se não faço a menor ideia do que acontece com eles, se em todos os anos de detenção jamais recebi a visita de qualquer um deles!, essas coisas que estou te dizendo eu soube só quando saí da cadeia, entende?, notícia nenhuma, foi ali, olhe bem parece que ainda estou vendo — olhei para o lado do bar — aquele mesmo ali na frente só os donos é que mudaram, olhei pra lá e vi que havia uns caras que eu até conhecia de encontrar lá dentro e eles estavam apontando pra mim era noite escura mas tanto eles como eu estávamos debaixo de postes com iluminação, sabe, eu gostaria era de nunca mais me separar de você e o que pode amarrar a gente um no outro seria um papel passado em cartório, mas aquela bandida sumiu e não posso fazer nada assim é que minha situação hoje é a seguinte, meus pais morreram, os parentes deles não cheguei a conhecer, minha família se desmanchou e se não fosse por você eu poderia dizer que estava completamente sozinho no mundo — minha voz treme, a mão da Valquíria agora está suada e ela suspira um suspiro tão profundo que temo que ela se engasgue com o ar, Bom — ela diz — sua proposta, foi uma proposta?, entendi como se fosse, tem um problema: meus pais, já não vivo com eles desde que vim cursar a faculdade, mas não fosse isso de qualquer maneira eu teria de deixar aquela casa, por divergências políticas, uma doença que se abateu sobre nosso país, ninguém mais tolera ninguém, o Brasil está rachado ao meio e meus pais assim como meu irmão mais velho estão de um lado do país e eu do outro e demorou muito pra que eu chegasse à conclusão de que nossas brigas não adiantavam nada, estávamos sempre no mesmo lugar e ninguém se arredava de suas posições, eles são extremamente conservadores e violentos, sabe, o neofascismo a defesa de medidas violentas, defesa da tortura, a saudade da ditadura de 64, com tudo isso eu não podia conviver com eles, aquela casa era pequena para nossas diferenças, quando declarei que vinha lecionar aqui que até já tinha um cargo garantido, meu pai me chamou pro quintal e disse olha você vai e tomara que se convença de que está errada, agora de uma coisa te aviso, se escorregar e se entregar para um idiota qualquer te juro não vai ser mais nossa filha, mesmo que nossas diferenças acabem — eu fiz um esforço enorme para não rir na cara dele porque não acredito que essas diferenças acabem — direita e esquerda são incompatíveis, eles nos querem exterminar e nós queremos que eles morram logo de morte natural — em silêncio prolongado ficamos refletindo a respeito das últimas palavras da Valquíria, e ela volta a falar que apesar de todas as divergências e divergências irreconciliáveis. Gostaria de manter algum vínculo com a família o que dificulta alguma relação mais estreita com você — que pelo menos por algum tempo não poderíamos juntar os trapos, seu irmão muitas vezes na cidade, os negócios dele, e quando vem, é em seu apartamento que dorme e dá as notícias que faz a mãe suspirar muito e se dizer saudosa da filha então o pai roga tudo quanto é praga para que ela mude suas ideias, que pensando as coisas que pensa é melhor que continue onde está, Não era um conflito de gerações como cheguei a pensar, era coisa muito mais profunda era um conflito de visões de mundo mas chega de falar de mim, me conta como era a vida no presídio — A vida no presídio é um assunto muito vago, aberto, porque a vida do confino tem muito da vida em geral, obrigações, direitos, isso tudo de uma forma muito constrangida, mas é uma microssociedade humana, os tipos que se encontram aqui fora se repetem lá dentro e para se viver no confino é necessário tanto como aqui observar e entender as regras, os limites, as pessoas com quem é necessário coabitar, alguns se dão muito bem lá dentro apesar de tudo enquanto outros se arrebentam por não entenderem a situação, os que têm certeza de que nunca mais vão sair, a maioria procura usufruir ao máximo tudo o que a prisão pode oferecer, sabe, é uma questão de expectativa, mas alguns caem em desespero e geralmente esses são os que se arrebentam primeiro, de vez em quando a gente fica sabendo de algum óbito, eu digo óbito porque é como as notícias circulam entre os detentos, ah, sim, o presídio tem seu próprio vocabulário, sua gíria, seus códigos, vi muita gente chegar, muita gente sair e vários casos de morte por doença ou por crime pois o ambiente lá dentro é violento se você não souber onde está pisando, se você pisa o corpo de uma cascavel ela pica sua perna.

*

Capítulo 9

Acordo cedo porque já desaprendi de prolongar o sono e com olhos sujos ainda vou até a janela, que abro sobre o mundo lá fora e o que vejo é um dia vazio, mais um, o primeiro domingo sem Valquíria porque as férias ela tinha dito desde o início era lá com a família tenho de me acostumar com o regime, pois sou viúvo de esposa talvez viva e assim nossas relações cheias de camuflagens até que juridicamente ela considerada ausente pois ninguém sabe onde poderá estar se na superfície ou a sete palmos de profundidade uns processos muito demorados então vou ao banheiro e mergulho a cabeça debaixo do jorro da torneira, escovo os dentes e mijo com gosto o mijo amarelado que chove sobre a água do vaso sanitário, volto ao quarto onde me espera minha roupa de domingo e acho graça ao pensar em roupa de domingo que é a mesma com que me apresento perante as centenas de olhos de adolescentes que me examinam a manhã inteira e eles não deixam passar nada atentos um dia um dos alunos na primeira fileira me chamou ao nível do meu ouvido e com boca pequena disse que muitos colegas estavam rindo porque eu tinha esquecido de fechar o zíper da abertura da minha calça me virei para a lousa fingindo que escreveria alguma coisa e neste movimento rápido puxei o zíper e escrevi o nome da *Commonwealth*, que era o assunto da aula coisas da pressa ao sair de casa contei a história à Valquíria que quase se afogou no próprio riso vou à cozinha preparar meu café, muito simples porque se trata de uma pessoa só, então esquento o leite no micro-ondas numa xícara, adiciono o café solúvel, passo margarina numa fatia de pão integral e está feito meu desjejum, suspiro sem querer e sei muito bem de onde vem o suspiro, ah, meu peito arfa por causa da solidão e agora é a hora da ligação da Valquíria por isso vou pra sala e sento na poltrona perto do telefone no início da carreira o assédio de alunas não sustento muito tempo meu corpo completamente parado em cima desta poltrona e os pensamentos sem nenhuma alegria ligo a vitrola para ouvir a 5ª sinfonia de Mahler, me arrepia o trompete logo no início com suas notas fúnebres e os acordes da orquestra quase em marcha mas uma marcha muito lenta e finalmente a orquestra inteira abordando a cor melancólica que eu quero ouvir pois acho que ela interpreta meu estado de espírito muitas vezes assediado ah Valquíria você já me faz muita falta os pais dela a esta hora estão na primeira missa como ela explicou o horário em que deverá ligar esta música é tão linda que me dá vontade de chorar vou fechando os olhos quando o telefone toca então diminuo o som e atendo à chamada e nem preciso dizer quem sou nem perguntar quem ela é e como estão as coisas por aí, Olha, Renato, acho que não aguento mais uma semana aqui meus pais os dois sabem das minhas posições em coisa de política e não perdem oportunidade para me atenazar, horrível — eu tento consolá-la — eles dizem que optei pelo demônio, ainda hoje de manhã disseram isso porque não vou à missa com eles, que minhas opções todas são diabólicas já me chamaram de terrorista e é preciso voltar aos caminhos da razão e agora parece que os irmãos deles também se dividiram e não existe mais reunião de família como antigamente quando cada um votava em quem quisesse, agora não, agora voto diferente é inimizade na certa, entre os conhecidos até que dá pra aceitar, mas parentes, Renato, parentes tornarem-se inimigos por questões ideológicas! — ela está com vontade de falar e eu estou com vontade de ouvir então deixa que fale, me conta dos negócios do irmão, a merda do divórcio por ausência, e ela me conta da pressão familiar para que receba um panaca amigo deles como namorado, mas olha, me pergunta como estou e respondo com uma palavra apenas, SAUDADE, porque um belo dia quando tudo caminha com tranquilidade a ausente aparece, então quem tem direitos?, Eles estão chegando da missa por isso vou desligar, zilhões de beijos, meu amor — e eu mal consigo dizer duas, três palavras ela desliga mas entendo se agora até entre membros da mesma família começam a se odiar, tenho lido sobre a pregação do ódio que grassa em nosso país, é preciso se acautelar, e a Valquíria é boa nisso, vou até o fim da 5ª, de olhos fechados para que a música ocupe inteiramente meus sentidos e é quase um transe fico leve chego a flutuar e entro numa espécie de sonolência que não chega a ser um desmaio mas sinto na língua e no céu da boca um líquido salobro que invade meus sentidos saio do êxtase para a rua e vou a esmo meus passos lépidos como se tivesse aonde ir e não sei se não estou ainda com a música melancólica do Mahler, que continua repercutindo em meus ouvidos ou não talvez apenas na memória e por que não na memória dos ouvidos na penitenciária desenvolve-se muito a acuidade auditiva, questão de sobrevivência os sentidos todos se desenvolveram por questão de sobrevivência a maioria deles me chamava de professor porque descobriram e ajudei muito companheiro de infortúnio nas áreas em que tenho alguma competência demorei um pouco para reconhecer o seu Lourenço mas bastou que abrisse a boca, aquela voz meio rouca subindo sabe-se lá de onde, então nos abraçamos, dezessete anos, meu amigo, uma vida inteira, e eu era inocente, porque o soco dado em sua boca foi um soco de defesa, ele me atingiu no peito, um soco bem murro, como se quisesse me matar por causa de divergências políticas então essa divisão em dois polos é coisa que já vem de longe, ele, um pobre, além disso um pobre diabo, na defesa intransigente dos direitos à exploração e disse bem assim, O defeito da ditadura foi não ter exterminado vocês todos — e eu respondi que ele era um filho da puta, até então nossas divergências se transformavam apenas em palavras até que ele atingiu meu peito, que ficou doendo quase uma semana, revidei, revidei mesmo com um soco na boca daquele Ananias, como é que eu podia saber que no talude havia uma pedra imensa, esta mesma daqui, e que o infeliz iria bater com aquele coco rachado para morrer? Ando alguns passos a esmo até chegar a um banco é este daqui suava com medo pois estava decidido a arrancar minha pele porque não podia deixar nada que a pudesse surpreender, só imagino um dia a ausente aparecendo cobrando direitos cobrando sua antiga situação e foi aqui neste banco que me virei do lado do avesso porque era preciso que ela soubesse tudo então depois do confessionário que me arrancou as entranhas nosso regime continuou o mesmo muito mais por causa do irmão dela que com frequência aparecia por aqui por causa de seus negócios meu pai lia um jornal que não era anarquista ele sabia mas era sua necessidade de todos os domingos até a hora do almoço e ele me falava de injustiças sociais, que um por cento da população detinha mais de cinquenta por cento das riquezas nacionais e que na origem de todo capital existe uma usurpação e o contraste é muito grande ele dizia e suspirava muito grande entre os possuidores e os despossuídos, ele gostava de uma expressão inventada pelo Ignácio de Loyola Brandão que acima dos trabalhadores e abaixo dos capitalistas, servindo de amortecedor, a CMPA, Classe Média Possuidora de Automóvel, meu pai gostava de ler, e lia em dias de semana para desassossego de sua esposa que gostava muito de falar e seus assuntos prediletos eram os preços, que não paravam de subir, as roupas, que já careciam de renovação, as vizinhas e o que elas faziam, os vizinhos, que levavam e botavam chifres e outros do mesmo teor, e meu pai, mergulhado em algum livro de vez em quando mas nem sempre a propósito, gemia um Pois é então — e não levantava a cabeça nem desgrudava os olhos do livro mesmo assim contratei um advogado que contratou um detetive e isso já faz bastante tempo e o resultado até agora é zero e sentado neste banco sem me mexer, estatuado, que faço deste domingo de sol começando a ficar irritado que faço eu aqui?, as duas velhinhas desfilam faceiras com suas cabeças brancas de penteados muito benfeitos e passam rindo e conversando imagino que tenham vindo da missa não irmãs não podem ser por causa das diferenças de estatura de pele de olhos e de cabelos elas não me percebem porque estou parado em algum lugar eu li que a visão canina é muito melhor para movimento e aquele garoto que lá vai puxando seu cachorro não demonstra muita amizade pelo maior amigo do homem ele puxa a correia e dá socos para que o cão obedeça mas é uma idiotice ficar aqui parado observando o movimento, como um velho esperando a indesejada das gentes, poucos carros passam as pessoas dormem até mais tarde que droga não ter me lembrado antes o melhor é visitar lugares que visitei com a Valquíria ela não aguenta mais a hostilidade dos pais o irmão nem tanto meio alienadão e pensa com a cabeça do pai então me levanto o corpo meio adormecido e vou até o ponto do ônibus do outro lado da praça, não tenho certeza se aquele que vem vindo ali pois a Valquíria é quem dirigia o carro mesmo assim embarco e sento num dos bancos da frente bem pelo menos agora estou fazendo alguma coisa estabeleci um destino em busca do qual já dei o primeiro passo, é isso de que preciso, de ação, ela é que vai me salvar que vai servir de obstáculo para meus pensamentos, então vou descansar a mente me ocupo em reconhecer os prédios, bares e lojas, farmácias e açougues, prédios de apartamentos a Valquíria me transportava por estes lugares e desço no ponto em frente ao estádio, que já visitara com ela, lá dentro explico ao porteiro que vim de longe e queria conhecer a casa dos jogadores por quem torço mentira inocente para pisar pelos mesmos lugares que já o fizera com a Valquíria sento no banco onde sentam os reservas e procuro ocupar apenas os olhos, que revoluteiam pelo gramado e pelas arquibancadas e por cima de tudo o céu com seu azul translúcido e começam a chegar pessoas para deixar o estádio pronto para algum jogo hoje à tarde alguns me olham com curiosidade outros nem reparam num sujeito estranho nos bancos dos reservas e como suas conversas, gargalhadas e gritos me incomodam me levanto e me despeço do estádio sentindo no ar o perfume deixado aqui pela Valquíria, pego outro ônibus que me leva na direção do rio e sinto como é bom ocupar-se apenas com o que é visto sem envolvimento nenhum, meras formas e cores, algumas pessoas bem-vestidas nas calçadas conversando e caminhando alegres porque é domingo o ônibus percorre um percurso de uns dois quilômetros pela avenida que se estende ao comprido do rio até chegar à prainha onde uma vez paramos porque estávamos cansados e havia aqui bancos desocupados livres para nosso namoro e eis que sinto um pouco de fome por isso faço sinal para o ônibus que vem em sentido contrário ao que fizemos na vinda e me deixo ficar novamente a mente vazia e os olhos cheios dos prédios, do movimento na avenida, das pessoas bem-vestidas, com roupas domingueiras, tudo aqui desconhecido a Valquíria que me trouxe para estas bandas, o sul, meu pedaço sempre foi o norte da cidade, onde conheço praticamente tudo me caem as pálpebras por instantes e descubro que não havia esgotado o sono quando levantei hoje de manhã por isso os olhos fechados por bastante tempo mas sei que não posso dormir pois nem sei aonde este ônibus vai parar em quase todo ponto agora tem gente para subir e passageiros para descer saímos da avenida para umas ruas estreitas que aos poucos vão encaixando-se em minha visão como paisagem familiar até que vejo o moinho de paredes escuras velho conhecido e sei que estou perto do posto, por algum tempo meu abrigo puxo o cordão do sinal e me preparo para descer no posto não encontro seu Lourenço, como gostaria, mas o frentista é conhecido acho até que posso dizer que é meu amigo depois de um abraço e de boas gargalhadas sobre comentários antigos e atuais então convido meu amigo para almoçar e ele diz que já cumpriu essa obrigação e me mostra a marmita vazia me demoro conversando uns minutos mais e me despeço pois a fome já começa a apertar e o restaurante é aquele mesmo onde fazia minhas refeições acompanhando seu Lourenço uma cerveja acompanha meu almoço e a cabeça começa a pesar em direção ao peito por isso descubro que está na hora de voltar para casa e fazer a sesta já que a Valquíria acha que não aguenta mais uma semana em casa de seus pais mas por enquanto é uma ausência como um buraco no meu peito.

*

Capítulo 10

Vou calado ouvindo, ela está inconformada e me acusa de não fazer esforço suficiente pelo divórcio eu sei o quanto já gastei sem resultado então digo à Valquíria que muito mais que ela tenho eu interesse em resolver o assunto pois não suportaria por muito tempo aqueles quinze dias de separação por não poder me apresentar à sua família ela sacode a cabeça mas não tira os olhos da avenida e já estamos perto do restaurante onde vamos almoçar à beira dágua um lugar que visitei sozinho tempos atrás antes de passar no concurso e assumir em uma escola a uns cinquenta quilômetros daqui a gente só se encontra agora nos fins de semana e isso vai pesando e meu peito já sente uma pressão que é muito desconfortável ela breca em um sinal fechado e me encara com um sorriso suspeito como se quisesse mostrar que não acredita muito nos meus queixumes então aqui mesmo dentro deste carro decido resolver a questão eu mesmo vou viajar em busca da minha liberdade civil o carro volta a mover-se e a Valquíria não desmancha seu sorriso com aparência de escárnio e isso reforça minha decisão de sair do casulo em que vivo para conquistar meus direitos mesmo tendo a impressão de que o sorriso agora se desfaz por causa do trânsito é um modo sutil de me forçar a decidir o que já está decidido, mas isso ainda vou revelar a ela durante o almoço me incomoda a impressão de que seu sorriso me acusa de não ter feito o esforço suficiente para conseguir o divórcio mas isso também só vou dizer na hora do almoço os pais dela só conheço de fotografia e é claro que não sou nenhum Lombroso mas eles têm cara de reacionários preciso tomar cuidado com as coisas que penso agora estou misturando pensamento e emoção coisa horrível pois sempre primei pela isenção o rio desliza manso e sem barulho sua superfície formada por pequenas ondas irregulares Aretusa, Tétis e suas irmãs que rebrilham ao sol do meio-dia mal se vê o outro lado do rio o ar por aqui é mais fresco e do lado esquerdo da avenida só existem mansões entre árvores muito altas e de copas largas para acolherem o ar fresco que vem do rio ali finalmente o restaurante do estacionamento até a porta do salão ela me pergunta se sinto saudade da escola onde lecionei uns tempos, Claro que senti fiz algumas amizades te conheci a diretora sempre me tratou muito bem — E a escola nova? — nova mesmo quando assumi meu cargo fui dos primeiros a escolher ela ainda cheirava à tinta ninguém lá é mais antigo do que eu, não sei de onde veio este súbito interesse pela minha situação funcional talvez algum resíduo de ciúme por trabalhar agora longe de seus olhos fico alguns segundos parado contemplando o andar majestoso do rio tenho de olhar pois é por pouco tempo a Valquíria ainda não sabe que amanhã parto em busca da minha liberdade conjugal por fim ela abre a porta envidraçada e mergulhamos no rumor de quase uma centena de falantes e do aroma dos temperos que nesta casa foram sempre muito bons o *maître* muito solícito nos acompanha até uma pequena mesa para casal como ele anuncia e informa que um dos garçons em seguida virá tomar nossos pedidos se algum vinho ele mesmo pode providenciar de comum acordo pedimos uma garrafa de Malbec tinto seco, de Mendoza, o *maître* se afasta vejo que conversa com um dos garçons que em seguida nos traz o vinho escolhido e o *couvert* examino a rolha e ele despeja dois dedos de vinho na taça, que bebo e sinalizo com movimento de cabeça minha aprovação então ele nos serve com menos de meia taça do vinho e antes de se retirar anota nosso pedido arroz picanha e salada de verduras e legumes sozinhos à mesa é a hora de esclarecer o futuro e quem começa sou eu porque sou quem tem novidades a revelar a simplicidade dos pratos aumenta o apetite pelo *couvert* pequenas fatias de pão fritas com orégano na superfície e duas tigelinhas de cremes mastigando mas sem querer perder tempo encarei-a com força nos olhos, Bem, Valquíria, preste atenção, você sabe o quanto te amo e a angústia em que vivo por não poder estar o tempo todo com você, alguma dúvida? — ela está mastigando e apenas move a cabeça para baixo e para cima o que é uma concordância o calor aqui não entra aparelhos de ar-condicionado em toda a volta e por uma das janelas abertas meu olhar se perde entre um céu quase inteiramente azul e uma nesga de água doce e mansa que desce para o mar enquanto isso a Valquíria termina de mastigar e muito séria responde que não, que nunca desde o primeiro dia percebeu que a química a nos unir não admitia dúvida nenhuma, por isso continuei, Então, Valquíria, apesar de estarmos em férias e exatamente por isso, amanhã vou me largar por este Brasil no rumo de alguns lugares de que me lembro aparecerem nas conversas da Circe, espantada?, preciso resolver nossa situação e tenho de aproveitar este período de férias para viajar — e como estivesse chovendo ofereci uma carona no meu guarda-chuva e foi bem assim, Mas precisa viajar tão rápido? — Pois é, o tempo que tenho é muito curto e não imagino quanta viagem vou ter de fazer ela sempre que falava de parentes citava uns lugares de que nunca tinha ouvido falar hoje à tarde passo no banco preciso levar dinheiro há lugares que não aceitam cartão nem cheque — nosso almoço chegou e o garçom nos serviu e desejou bom apetite um barco de vela branca atravessa o campo de minha visão parece muito pequeno e muito lento pois navega pelo meio do rio alguns quilômetros ao ser libertado eu ainda mantinha alguma esperança porque ela é a última que morre mas não conseguia evitar uma ponta de desconfiança por causa daquela ausência nenhum dos três minha família para uma visita e dar notícias atravessei o portão com uma valise na mão e os bolsos vazios e caminhei no início sem rumo com medo de que o porteiro me indicasse a direção errada enfim um carcereiro eu até que amizade com alguns mas a maioria dos meus companheiros sentia um ódio muito grande por aquela gente cuja atividade na vida era nos manter sob vigilância fechando portões internos aquelas grades sempre fechados abrindo somente para outros iguais a eles abrindo e fechando com aquele medonho ruído de ferro com que muitas das primeiras noites sonhei e mudei meu pensamento a respeito do inferno que para mim sempre fora um lugar silencioso agora era metálico o principal som que imaginava e aqueles tridentes medonhos que apareciam nos meus sonhos na prisão nem os sonhos são bons porque mesmo quando se sonha com a posse do corpo em liberdade é grande o sofrimento ao abrir dos olhos e ver aquelas paredes de reboco esburacado com os nomes de sabe-se lá quem já foi habitante do mesmo lugar, alguns já mortos provavelmente outros reiniciados no crime uns poucos levando uma vida normal na sociedade ou aquilo que se pode chamar de normal a Valquíria aqui na minha frente o olhar perdido na parede às minhas costas acreditou na minha inocência desde o início que o maior erro da ditadura foi não ter exterminado todos vocês e eu podia chamar aquele Ananias de outra coisa que não fosse de filho de uma puta, podia? Não podia e recebi aquele soco no peito eu só revidei com um soco na boca do filho da puta pois não é que me cai com a cabeça na pedra do talude?! Eu tive foi muito azar de ser entregue minha defesa a um advogado de porta de cadeia um defensor público que jamais acreditou na minha inocência e eu ali enjaulado tinha como recorrer?, não tinha que de propósito até hoje não procurei a Circe antes não dispunha de meios depois tinha os meios mas era preciso mantê-los e meu tempo livre era muito pouco agora tenho mais da metade do mês de dezembro o mês inteiro de janeiro e só volto em meados de fevereiro acho que posso fazer uma boa busca nesse tempo e nosso almoço chega ao fim então a Valquíria me pergunta se preciso ir para casa, Claro, preciso sim, tenho que passar no banco, preparar as malas comprar a passagem, por onde? — a primeira referência que me vem à lembrança fica no Maranhão uma cidadezinha chamada Bacabal se não me engano devo começar por lá ela dizia ter dois tios morando nesse lugar, e ela não hesitou em aceitar meu convite com certeza por não ter visto pensamento malicioso na minha oferta dois tios o sol no trajeto até minha casa é ardido sol de tarde em menos de meia hora estacionou o carro e descemos os dois e Valquíria me entrega a chave do carro e me pede a chave da casa, Enquanto você vai ao banco resolver seus problemas fico arrumando sua mala — admirado eu com a boa disposição dela e não precisa dizer com palavras que tem muita esperança de que com esta viagem possamos regularizar nossa situação existe no estatuto do magistério público uma cláusula ela não se lembrava mais do nome do artigo que é a transferência para manter um casal junto e ela já me falou disso mais de uma vez, Venho morar aqui com você assim que surgir uma vaga em alguma escola desta cidade — está botando fé na minha viagem até parece que era o que há muito esperava não demorei muito no banco pois era só um saque de dinheiro para a viagem a reserva da passagem para amanhã eu posso fazer pelo telefone quando entro no quarto a Valquíria já está com a mala quase pronta então me pergunta, Quanto tempo você pretende ficar fora? — e eu respondo que não sei que tudo depende da localização da mulher ou do filho dela, algum parente, por isso levo o máximo de roupa, E se não for o suficiente? — por que será que está fazendo essas perguntas?, bem, a maioria dos hotéis têm lavanderia e ela sorri pois não tinha pensado nisso, então se levanta e diz que hoje fica aqui comigo e só de imaginar como será nossa noite de despedida já me sinto com tesão e ela percebe por isso tira a mala de cima da cama e me puxa com violência, então, deitados, nossas bocas se encaixam uma na outra e numa espécie de frenesi vamos arrancando a roupa então completamente nus e eu deitado de cúbito dorsal ela me monta e nos encaixamos e a doce Valquíria transforma-se numa fera o rosto retorcido e emite sons guturais como gemidos cada vez mais rápidos até que o orgasmo nos vem ao mesmo tempo ela cai a meu lado olhos fechados respiração ofegante decrescente e me parece que estivemos dormindo um bom pedaço da tarde que já se foi vamos juntos para o chuveiro onde brincamos de água e sabonete e finalizamos a brincadeira com nossas bocas procurando-se em seguida eu digo que mais tarde pois ainda temos o que fazer, a que horas?, Por falar nisso ainda tenho de telefonar para a empresa de ônibus, mas já consultei os horários, devemos sair às nove horas da manhã — Amanhã, — ela grave — depois que você embarcar passo no apartamento pego alguma roupa, uns documentos e vou passar uns dias na casa dos meus pais eles sabem que estou de férias por isso me esperam lá — e agora ela diz que vai preparar nosso jantar veste-se e some na cozinha me agradam muito estes ensaios de marido e mulher é um modo de perceber como seremos no convívio diário e todas as vezes em que partilhamos a vida comum do dia a dia descobrimos afinidades mas também catalogamos nossas diferenças e em nenhuma delas somos antagônicos e isso é essencial para a mútua aceitação a Valquíria passa por mim, atravessa o pequeno jardim e vai ao carro, eu fico olhando curioso, mas logo entendo porque ela volta com uma mochila na mão não acredito que tenha premeditado nossa noite juntos se antes do almoço ela desconhecia minha intenção de viajar, acho que é apenas uma pessoa precavida sempre preparada para uma emergência muitas vezes pensei que em lugar de uma pedra daquele tamanho no talude poderia haver uma almofada e minha vida seria outra e completamente diferente do que tenho vivido mas então nossos rumos são devidos a acasos?, ora nunca acreditei nisso mas é impossível dominar todas as variáveis, os acontecimentos que confluem para nos encaminhar, e como não dominamos posso concluir que somos guiados muito mais do que guiamos. Sinto o cheiro de ovo frito e minha mulher me chama para jantar.

*

Capítulo 11

Descubro na rodoviária conversando com um velho dono de uma banca de frutas que no centro o Roma Hotel é um dos melhores e quando chego o suor irrigando meu rosto e encharcando a camisa, que me gruda nas costas, sinto o frio do ar-condicionado, ninguém na portaria e deixo a mala e a valise ao pé do balcão, mas não tenho de esperar mais do que um minuto para que apareça uma gordinha munida de um sorriso bem profissional e me pergunta se tenho reserva, que não uma escolha recente, Mas não tem vaga? — Sim, no primeiro andar serve para o senhor? — suspiro aliviado, então me estende uma ficha onde escrevo meus dados pessoais a razão da viagem o tempo pretendido opção com o café da manhã para receber por fim o envelope com o número do quarto e a chave eletrônica subo um lance de escada ainda tremendo de frio e encontro o quarto indicado no envelope sinto que estou no fim das minhas forças mas a verdade é que estou viajando há quatro dias me doem as pernas com os pés inchados minhas costas parece que vão rachar introduzo o cartão na fenda e abro a porta ao ver a cama quase desmaio há quanto tempo não me espicho na horizontal?, abandono meus teréns sobre uma cama e me jogo de olhos fechados e ardidos de sono sobre a outra e penso que vou dormir imediatamente mas me correm ideias pela mente e a principal é a surpresa por encontrar um hotel de primeiro mundo numa cidade como Bacabal, que é uma cidade média desde a entrada tudo brilha o piso as paredes luminárias o balcão surpreso pois é hotel que em nada perde para hotéis finos de cidades maiores isso tudo vai passando como se fosse pelos meus olhos um filme e meio tonto sinto o mundo adernando para um lado depois lentamente para o outro sou obrigado a abrir os olhos e me sentar por instantes na cama e aproveito para tirar os sapatos o mundo volta a ficar equilibrado respiro fundo pisco bastante para retirar a areia dos olhos e deito novamente pensando na Valquíria para quem devo telefonar daqui a pouco esperei sentado na escadaria da faculdade dela até que ela apareceu e não chovia na altura de Brasília pouco antes não me lembro bem embarcou uma família com a cara da Circe e não tive dúvida fui conversar com o chefe primeiro um papo furado sobre a região e ele gosta de falar então quando fez uma pausa lasquei a pergunta se não eram da gente dos Fagundes e ele riu que não que era Gomes e a mulher dele filha dos Costa e rimos nós dois eu mais por decepção, minha primeira e torço para que seja a última, mas não sei, esse bocejo é porque começo a relaxar os músculos em São Luís não fui visitar os azulejos medo de perder a próxima condução e achava que seria uma viagem rápida por causa da distância mas sofremos quatro horas de solavancos uma estrada estreita o asfalto esburacado e muito movimento muito mesmo a sorte é que a paisagem era surpreendente o rapaz que viajava a meu lado disse que eram babaçu aquelas palmeiras meio empinadas multidão de palmeiras e então fazendas de gado ora, ora, em pleno Nordeste eu pensei, muita água lagoas em campos verdes e planos e no que mais eu pensava era na Valquíria uma coisa boa acontecendo na minha cabeça não quero abrir os olhos depois eu ligo antes de dormir, acordo bem hoje um dia e mantenho os olhos fechados por causa de um gosto de sal na boca e um pensamento ruim que não sei de onde me veio e me atacou suponho ter ele aproveitado meu sono, minha vulnerabilidade, mesmo sem gostar dele, repito, e se a cabeça do Ananias nem chegou a se chocar contra aquela pedra, se isso foi invenção minha para me isentar de culpa?, depois de ficar pensando nessa hipótese por alguns minutos continuo me recusando a abrir os olhos porque eles abertos podem carimbar meu soco mortal antes de dormir eu desliguei o ar-condicionado e agora já estou suando o pijama grudado no meu corpo um desconforto que só elimino se levantar imediatamente e tomar uma ducha fria e é o que faço terminando de acordar e é hoje o dia em que recupero a esperança pois daqui a pouco começo a buscar a Circe ou seu fantasma e tenho a impressão de que não saio desta cidade sem notícias da minha ex-família preciso planejar a pesquisa por onde começo e como continuo ainda tenho bastante tempo antes que termine o horário do café que mantém o padrão de frutas e sucos, pães variados café e leite e parece que vai chover na portaria pergunto a um funcionário como faço para chegar à delegacia de polícia por onde preciso começar e descubro que não estou muito longe que posso ir a pé na prisão me contaram a história do Chico Chinfrim, um ladrãozinho mais para descuidista que um dia viu uma porta aberta e foi entrando meu pai que jamais entraria num lugar desses odiava tudo que significasse instrumentos do poder como ele dizia instrumento do poder, Sabe, Renato, são pobres sendo pagos para reprimir outros pobres, é assim que funciona, entende? — em menos de meia hora estou no saguão onde um guarda armado por trás de um balcão me olha com dureza sem perguntar nada antes de me julgar culpado então chego nele e digo que vim do sul do país procurando pessoas que sumiram e que têm parentes aqui, ele me indica uma sala onde devo repetir minha ladainha para uma escrivã que me ouve com bastante atenção para enfim me dizer que Fagundes não é um nome de seu conhecimento, mesmo assim coloca na busca do computador para me olhar compadecida e confirmar, Pois é, seu Renato, se moravam em Bacabal nunca tiveram envolvimento com a polícia — e que devo procurar em bares, hospitais, clubes, lugares assim que talvez tenha mais sorte me despeço com um sorriso triste e tenho a impressão de que estraguei o dia da moça, ela porta um imenso revólver na cintura e não é que tenha ficado assustado, não fiz nada, mas tive uma impressão desagradável quando ela se levantou da cadeira para me despedir e saio meio tonto sem saber qual o próximo passo e me lembro de perguntar em uma loja de roupas o endereço de algum hospital que esteja próximo e aproveito para falar na família Fagundes, a moça que me atende vira-se para trás e pergunta ao gerente se tem algum conhecimento de uma família Fagundes e a resposta é negativa então sobre hospital ela me indica até mais de um que por minha sorte são todos aqui no centro e o único um pouco mais distante é o Laura Vasconcelos, Melhor tomar um táxi — ela aconselha então começo a peregrinação saguão balcão recepcionista consulta primeiro ao computador depois o pessoal mais antigo do hospital e a resposta é sempre a mesma por volta do meio-dia logo depois de visitar o Laura Vasconcelos resolvo parar em um bar para o almoço antes de começar com os bares e sei que agora minhas pernas vão ter muito trabalho o plano é em cada balcão com resposta negativa pedir a indicação de algum concorrente no caminho, quando pensava em Bacabal imaginava uma cidadezinha que poderia cobrir em poucas horas e para minha surpresa ou decepção não sei a cidade tem mais de cem mil habitantes e isso dificulta minha busca bem com dor nas pernas dor nos braços dor de cabeça mal jantei meu talharim à bolonhesa com dois copos de vinho e agora me espicho na cama de roupa e tudo menos os sapatos para descansar porque o dia foi de muita caminhada visitei a região nordeste da cidade entrei em três igrejas uma católica e duas evangélicas onde ninguém sabia de Fagundes nenhum e os bares meu deus, perdi a conta dos bares que visitei sem resultado nenhum cheguei a pensar em desistir talvez fosse uma informação errada da Circe a respeito de seus tios e dois clubes onde nunca ouviram falar em Fagundes lá pelas três mais ou menos a chuva interrompeu minha busca e tive de pedir uma cerveja e um pastel para justificar minha presença no bar quando o aguaceiro acabou ainda saí pelas ruas entrando em todo bar que encontrava o calorão diminuiu e o céu ficou limpo lavado porque as nuvens viajaram no rumo do sul continuei caminhando ao acaso e não sei como fui dar na rua Cleomenes Falcão na sede do Bacabal Esporte Clube, sim, pensei, quem sabe algum dos Fagundes é sócio e entrei com muita esperança e feliz por escapar do sol por alguns instantes o jovem que me atendeu no guichê não me pareceu com muita vontade mas disse que me daria o registro dos sócios e eu que procurasse porque ele precisava terminar serviços urgentes então escolhi uma das mesinhas do saguão e fui correr os olhos pelos sobrenomes quando perguntei se ele não tinha isso no computador ele respondeu que um TI estava instalando um programa pra isso, mas o serviço ainda não estava completo não sei quanto tempo fiquei no Bacabal, mas pouco não foi porque ao deixar o clube ainda encontrei no meu caminho uma igreja, batista ou metodista, não me lembro alguma coisa em ista e lá também ninguém me dava notícias dos tios da Circe, por fim, como estivesse escurecendo resolvi que deveria voltar ao hotel mas agora não tinha noção nenhuma do rumo que deveria tomar num açougue que já estava fechando me indicaram a direção e me alertaram que eu estava bem longe por isso tive de tomar um táxi só cansado mas sem sono então desço para o saguão mais tarde ligo para a Valquíria gosto dessa iluminação indireta estou sozinho aqui embaixo por isso escolho um jornal entre vários O Imparcial, que me parece mais alentado estas poltronas são um convite à sonolência e afundo numa delas o jornal na mão o funcionário do bar às minhas costas me pergunta se desejo alguma coisa pois já vai fechar por uma meia hora respondo que não, não preciso de nada e mergulho na página nacional política campanha eleitoral *fake news* grassando pela internet acusações verdades e calúnias novamente a sensação de que o país rachou ao meio porque em lugar de mostrarem projetos de país só se fazem acusações com palavras de ódio e há quem fale em movimento de milícias copiadas do *führer* aquele do bigodinho curto que foi derrotado mas deixou escola e eu concordo com as declarações do articulista pois estudei com muita atenção a história das hordas hitleristas que o levaram ao poder, milícias como a gente vê crescerem por aqui um casal desce do elevador muito jovens e imagino uma lua de mel os dois exaustos de amor precisando de tomar um pouco de orvalho na cabeça porque eles atravessam o saguão e saem para a calçada com a Circe não tivemos lua de mel além do dinheiro andar curto na época eu não quis me afastar do serviço com tanta dificuldade conseguido e além disso penso que não passa de uma bobagem uma tradição de gente ociosa porque transar desde o namoro já se transava por isso esta aura de pureza e santidade que as noivas trazem no retorno à vida normal é pura hipocrisia o funcionário noturno atrás do balcão cabeceia de sono e até há pouco não sentava padrão hoteleiro só que agora depois de sentado deitou a cabeça sobre os braços esparramados no balcão um homem chega meio vermelho talvez furioso e acorda o funcionário da recepção para dizer que seu chuveiro não está esquentando ele gesticula esbraveja está com a camisa para fora das calças e de chinelo e não quer saber de água fria aposto que já estava pelado no box o funcionário pega o telefone digita um número e espera o homem não para de gesticular de repente o recepcionista começa a falar com alguém desliga o telefone e fala para o hóspede presumo eu que esteja dizendo pode voltar ao quarto que alguém da manutenção já vai pra lá este jornal me aborrece com tanta coisa que desconheço por isso resolvo sair para o céu coberto de estrelas como está para telefonar lá fora pego sinal melhor eu acho o rapaz da recepção volta a dormitar a cabeça sobre os braços distendidos no balcão a Valquíria atende já está na casa dos pais me conta como foi seu dia diz alguma coisa a respeito da eleição que está proibida de emitir qualquer opinião a respeito do assunto então são três contra um e ela solta uma gargalhada, Eles nem imaginam que triste opção estão fazendo — que o pai a proibiu de emitir opinião política quando afirmou que o candidato deles tinha uns trejeitos nazistas que só faltava erguer o braço direito com a mão em riste para cumprimentar e que não tinha mais novidade então conto como foram minhas buscas delegacia, hospitais, bares, igrejas, que até clube de futebol visitei e que já tomei banho e jantei e sem mais o que fazer vou dormir ah, sim, amanhã vou para outro lado da cidade, sim, muito grande comparada ao que eu imaginava, mais de cem mil habitantes, desligo o celular com um beijo estralado e olho para cima para o céu estrelado e me bate o sentimento do infinito mas também do impossível ao pensar que a distância que agora nos separa é pelo menos uma parte do infinito e se eu quisesse neste instante estar com minha amada isso seria impossível pois foram quatro dias de viagem para chegar aqui e se precisasse com alguma urgência estar com ela isso seria impossível eu estou preso pela distância, o Chico Chinfrim espiou para dentro de uma sala desabitada, e viu a quantidade de computadores, todos em silêncio, então, por ganância ficou olhando os cinco aparelhos e concluiu que só poderia roubar um de cada vez, e foi o que tentou fazer.

*

Capítulo 12

Deixo o hotel numa manhã esplêndida vendo verde lavado e passado para todos lados debaixo de um céu sem nuvens este azul profundo e sem fim translúcido e o melhor de tudo é que me sinto descansado dizer que não estou um tanto pessimista é mentira a esperança da gente depois de muito desgastada tende a esmorecer mas ainda não a perdi de todo só na hora em que acordei irritado com barulho de malas correndo pelo corredor conversalhada de hóspedes com camareiras despedidas em altos brados uma gente que me acordou com seu entusiasmo talvez sua ânsia de viver bem ao modo da Valquíria que se agarra à vida com as duas mãos ela quer viver tudo abraçar o mundo e usufruí-lo por inteiro e não tive alternativa senão fazer minhas abluções e descer para o desjejum aliás sem nenhum defeito de tudo pra todos e eu na minha tradicional fatia de pão como tenho em casa e o café com leite pronto não preciso de mais nada como lá em casa a casa onde moro tem um quintal bem grande e se de um lado mora um casal de velhinhos que antes das nove horas fecha todas as janelas e somem na escuridão no outro lado há um terreno baldio em que às vezes aparece um lagarto não tenho problema com barulho atrapalhando meu sono a casa é pequena, claro, eu precisava de um aluguel barato mas é suficiente e sobra pra abrigar um homem solitário tomo o rumo do sudoeste da cidade e caminho me fazendo leve sem bater com os sapatos no passeio de cimento e cacos de telha pois sei que vou precisar de muita energia não sei o que me deu na cabeça e entro em uma loja muito chique a funcionária está guardando roupas femininas na arara e me vê claro me vê como cliente que vai presentear a namorada e esse tipo de cliente merece muita atenção na proporção direta do seu desejo de gastar quando declaro o que pretendo ela chama a gerente e volta para sua arara a gerente não entende imediatamente o que pretendo até que por fim me convida para seu escritório ela muito gentil e além de gentil muito elegante e além de elegante muito bonita de uma beleza madura provavelmente anda aí pelos trinta, trinta e cinco anos, Pois não — depois que ambos sentamos eu na frente e ela atrás da escrivaninha então conto a ela o que me trouxe do sul do país aqui para o norte porque endereços não tenho nem nomes próprios mas um nome de família os Fagundes se ela tem alguma informação a gerente espreme os olhos virados para cima buscando alguma lembrança e move os dedos como um gesto monetário mas que era apenas um modo de mover a memória e quando volta a me olhar pergunta se aceito um cafezinho e penso que nada poderia negar a uma pessoa tão afetuosa e mais que tudo tão bela gentil então ficamos por um tempo calados até que uma funcionária aparece com uma bandeja e duas pequenas xícaras de café um açucareiro e uma bisnaga com adoçante que deposita sobre a escrivaninha entre nós dois e ela esbelta como ela é não teme colocar duas colherinhas de açúcar no seu café mais cuidadoso com a figura pingo algumas gotas do adoçante a gerente me olha com sorriso cheio de malícia, Ah, então quer dizer que não pretende aumentar o peso — e respondo que sim que tenho tendência a engordar depois do primeiro gole, que tomamos ao mesmo tempo, ela confessa que não, não tem lembrança de ninguém com esse sobrenome, Mas espere aí, quem sabe meu pai — pega o telefone e digita um número pouco depois começa a falar e pergunta se ele tem algum conhecimento de uma família Fagundes então fica em silêncio atenta bastante tempo afinal repõe o telefone em seu suporte e diz que sim seu pai se lembra de uns irmãos que trabalhavam com babaçu, mas que isso já ia para décadas sem mais notícias que ele sabia apenas que tinham ido embora os dois mas para onde ele também não sabia esta loja disse a gerente tem mais de trinta anos e além do meu pai, o fundador, ninguém mais havia daquele tempo e ela começa muito orgulhosa a contar a história da loja seu pai os anos todos suas vitórias logo depois de ter entrado pra detenção já fiquei sabendo que o Manezinho era amante do Azevedo, eles, os dois, todo mundo de prisioneiros sabia e ela me pergunta como foi minha viagem e fiquei hesitante a boca meio travada com vergonha que gastei quatro dias, De ônibus? — e confirmo com duas paradas para conserto de alguma coisa um tempo perdido, Ah — ela diz, mas por que não veio de avião?, poucas horas — engulo um bolo de saliva já meio estragada por isso tomo mais um gole do café à minha frente, Sabe — respondo — não posso arcar com tamanha despesa quando nem imagino se vou conseguir algum resultado ou não — e ela parece um pouco encabulada por ter perguntado por isso a pausa que segue longa nós dois um pouco vexados ela pega uns papéis com que está me despedindo, pelo menos é o que entendo e antes que eu me levante me fala de um *show* que vai acontecer em um dos clubes da cidade e me pergunta se sei onde é e está claro que não sei ela sugere que eu passe pela frente da loja às oito da noite que ela me leva dou por combinado me levanto e digo, Então até a noite — já com remorso porque sei que não vou comparecer e por ter perdido tanto tempo em uma loja que apenas estava no meu caminho e por me sentir culpado começo a andar muito depressa ao entrar em uma avenida a primeira coisa que vejo é um letreiro apagado com o nome de um bar e uma garrafa de refrigerante agora sim começo a trabalhar um dia o Manezinho me procurou chorando um choro sonoro sacudindo o peito o rosto enlameado de lágrimas a esta hora o bar ainda está deserto com apenas alguém a limpar mesas e balcão arrumar cadeiras preparar o ambiente ele para e me pergunta se desejo alguma coisa e conto minha história que já me cansa de tanto repeti-la o funcionário me ouve atento e declara que chegou a esta cidade há menos de três meses e que vai chamar o proprietário então some pela porta que fica por trás da choperia enquanto aproveito para sentar um pouco pois já estou vendo que o dia vai ser cansativo e ei-los que aparecem os dois o mais velho é presumidamente o proprietário portanto mais antigo no lugar me levanto para cumprimentá-lo e ele é um homem sem ar sorridente o rosto coberto de nuvens por entre as quais me pergunta qual é o problema, Como já disse a seu empregado — e conto novamente a mesma história, ele, com a barriga pra fora da camisa aberta me mede de um modo agressivo, um ser desconfiado, para então me dizer que nasceu e se criou naquele pedaço da cidade e que por ali nunca passou ninguém com o sobrenome Fagundes meio desajeitado na frente daquela barriga consigo dizer, Muito obrigado — e sem espichar a mão viro as costas e ganho a calçada por baixo e a soalheira por cima minha camisa gruda nas costas este desconforto ando mais três quarteirões e um letreiro no frontispício de um pequeno prédio me chama a atenção é uma igreja evangélica, será que esses Fagundes não frequentavam bar nem igreja?, isso também já é causa de raiva pois foi bem assim o Manezinho chegou chorando e disse que o Azevedo não queria mais nada com ele que tinha arranjado outro namorado e eu o que é que eu podia dizer senão o tremendo lugar comum, Não liga, isto passa, logo logo você arranja um substituto — e essas baboseiras de consolar um infeliz, e não estou mais aguentando este sol minha cabeça fervendo e também já é meio-dia por isso entro neste restaurante faço minhas perguntas e então aproveito para almoçar faço meu pedido do prato e de um refrigerante eles não têm aqui entrada por isso cruzo os dedos sobre a mesa e fico olhando o sistema de refrigeração da sala um ventilador que borrifa água gelada por cima da gente começam a chegar mais pessoas ainda um pouco cedo para o almoço melhor para mim que não vou precisar esperar muito tempo arroz picanha e salada um prato sem complicação um vizinho de mesa não para de me olhar e eu disfarçadamente também olho para ele mas então nossos olhares se cruzam e ele me pergunta, Qual sua graça? — modo de perguntar que não ouvia desde minha infância e de onde venho conto-lhe a história que já decorei e ele me diz que pessoal que trabalha com babaçu a maioria fica na extremidade do bairro já quase caindo no campo e me explica como chegar até lá que o melhor é tomar um táxi porque a caminhada é muito cansativa principalmente por causa do solaço e eu curioso pergunto como ele descobriu que não sou da região então disse que me ouviu fazendo o pedido ao garçom e que além disso minha pele não é queimada e pelo cabelo não uso chapéu e até a roupa é diferente nossos pedidos chegam e paramos de conversar concentrados na comida se eles trabalhavam com babaçu é lá saindo da cidade que moravam porque lá o povo me lembro do Manezinho inconsolável e minhas palavras chochas de consolo algum tempo depois já ostentava namorado novo e seu rosto voltou a brilhar e saio para um céu que se nublou rapidamente então aceito a sugestão de tomar um táxi o motorista me pergunta o destino e não sei o que dizer nem quero dar a impressão de que não sei por isso digo que é ali perto do fim da cidade ontem saí de paletó um sofrimento mas hoje vim em mangas de camisa eu achava que a sobriedade da indumentária poderia me ajudar ajudou coisa nenhuma as casas vão rareando os quintais aumentando até que vejo campo e mato logo ali e peço ao motorista que me deixe nesta pracinha por me parecer o centro do bairro o vento que chega do ocidente é úmido e frio porque já passou por alguma chuva e vento de chuva a gente conhece não chego a andar dois quarteirões e encontro um bar entro e pergunto sem resultado no terceiro bar em que entro sou obrigado a pedir um salgadinho e um refrigerante porque o aguaceiro despencou do céu e ninguém por aqui sabe nada de Fagundes nem de babaçu com o fim da chuva saí trilhando a estrada do meu sacrifício bares, duas igrejas uma com torre e outra identificada apenas pelo letreiro indicando o nome e um quadro na altura de uma janela com os horários de culto, uma farmácia, pronto perdi a conta só sei que o Sol já vai baixando e resolvo voltar para a pracinha onde talvez consiga um táxi para retornar ao hotel, mas entro num bar onde um grupo de homens jogam alguma coisa e tomam cerveja fazendo muito barulho com suas bocas as palavras e gargalhadas me olham como se fosse uma pergunta então explico tudo decorado e um deles me olha muito sério mas parece não me ver porque seus olhos me atravessam ele tem cara de bandido e me flagro em exercício de preconceito e é ele quem me dá uma informação que presta que devo descer uns cinco quarteirões até um conjunto de casas todas iguais porque na segunda mora uma família em que mãe e filha são quebradeiras de coco de babaçu se alguém por aqui pode informar alguma coisa é lá naquela segunda casa então agradeço pela oferta de um copo de cerveja me despeço e preparo minhas pernas não olho para os lados não pretendo visitar mais ninguém até aqui minhas pernas estão aguentando a segunda casa as paredes amarelas e as janelas e portas azuis um quintal bem grande me encosto no portão e bato palmas uma duas três vezes mesmo com esse mastim com vontade de me jantar aí do outro lado do portão até que lá do pomar sobe uma mulher que ralha com o cachorro porque não se pode ouvir nada se ele não para de latir e rosnar e seu guarda meio encolhido ladeia a casa e se esconde então, quando estava saindo com o aparelho, um detetive aparece no corredor, Eh, eh, aonde é que vai indo com este computador?, ele, o Chiquinho Chinfrim, muito sério diz que trabalha na manutenção, mas se dá mal porque um cunhado do detetive é que tem uma oficina e faz a manutenção dos computadores da delegacia, a mulher pergunta o que quero e declamo minha lenga-lenga ela ergue as sobrancelhas que sim trabalhou para eles os dois irmãos sim Fagundes há muito tempo quando eles faliram o maior cliente que eles tinham quebrou e ficou devendo milhões por isso o mais velho se mudou para Lago Verde logo ali e o mais novo foi para São Luís, Só que endereço eu não tenho, mas o que informaram por aí foi isso Lago Verde e São Luís — finalmente uma informação quente no hotel me informo a respeito das duas localidades indicadas e descubro que Lago Verde é pouco mais que uma vila se um dos Fagundes estiver lá vai ser bem fácil de localizar porque em São Luís vai ser difícil encontrar alguém sem saber o endereço apesar de que publicando uma nota em jornal não é quem sabe agradeço e volto à pracinha mas não aparece táxi nenhum por aqui pergunto para este rapaz a respeito disso e ele responde que não por aqui nunca aparece que só lá mais pra perto do centro então sem outra opção gasto o que me resta de energia pisando leve a calçada para ver se aguento até o hotel porque hoje não dá pra fazer mais nada ainda mais que começam a aparecer bolhas nos pés preciso descansar e não, não vou a encontro nenhum hoje à noite força nenhuma nem pra jantar amanhã acho que resolvo meu problema.

*

Capítulo 13

Até sono um ônibus confortável uma estrada em bom estado cheguei a cochilar um pouco não pela hora que saímos de Bacabal por volta das nove e meia e agora pouco passa das dez nada pergunto e desço como se a cidade me fosse familiar e agora saio a campo com a certeza de que não volto a zero em cidade pequena aí por volta dos quinze mil habitantes é impossível que um Fagundes seja desconhecido bem e se frequenta alguma igreja suponho que seja essa aí no segundo quarteirão e me encaminho para lá com o estômago entanguido de frio uma saliva grossa e salgada o coração um pouco descompassado porque é o início do fim da minha busca um peregrino esta aqui a Paróquia São Francisco das Chagas acho eu é aqui mesmo a porta da frente está fechada e contorno o prédio e encontro uma porta lateral quem já viajou tanto gastou tanta sola de sapato sofreu dores nas pernas criou bolhas nos pés ficou todo este tempo fora de casa uma pessoa assim não tem que obedecer a regras da civilidade não tem que se circunscrever em limites que tolhem as demais pessoas por isso experimento a maçaneta e abro a porta tenho o direito que meus sacrifícios me outorgaram e entro tudo meio escuro os vitrais retêm um pouco da luminosidade expulso ruidosamente um pigarro só pra ouvir o som rebatendo pelas paredes então de uma porta por trás do altar surge um homem que mais perto percebo estar de *clergyman* sem dúvida o pároco e me olha curioso enquanto o vejo com muita esperança nos cumprimentamos e ele pergunta se pode me ajudar e digo que sim que estou à procura de alguém da família Fagundes ele ergue um pouco o queixo para que seus olhos mirem mais alto supondo que as informações sejam flutuantes um pouco acima de nossas cabeças então me diz que é novo na paróquia mas tem algumas pistas de um Altamiro Fagundes que frequentava sua igreja informo que é gente da agricultura e o padre me leva até a rua e me aponta uma casa, Aqueles ali são antigos na cidade e mexem com agricultura — agradeço e me encaminho para a casa indicada dois imensos pés de oiti fechando a frente e uma cerca feita de varas mais ou menos retas de alguma árvore eu bato palmas e não aparece um cachorro como esperava a porta da frente se abre e aparece uma mulher com roupa de trabalho uns quatro metros nos separam e tenho de falar alto ela responde, O seu Altamiro?, conheci, sim, meu marido é quem sabe direito o senhor espere um pouco — e some em seguida por fora da casa aproxima-se um homem também com trajes de trabalho e respondo que sim que procuro seu Altamiro Fagundes ele sorri e me mostra uns dentes amarelos, Pois é, vai pra mais de uns dez anos que se mudou trabalhamos juntos com arroz mas então um amigo dele passou por aqui e falou de terras em Goiás e as vantagens da pecuária, sabe, ele morou em Lago Verde coisa de uns dois anos só e juntou a família alguns teréns de valor deixou comigo ferramentas e uns pedaços de plantação de arroz e se mandou para Goiás — eu pergunto por endereço, Não — que endereço ninguém tem em Lago Verde só se sabe que foi pra Goiás minhas feições devem ter-se mostrado com a decepção que sinto porque meu informante acho que com dó me convida para tomar um café com ele e abre o portão estou com a mala no Roma Hotel em Bacabal cidade em que havia informação sobre a existência da família Fagundes Ah, sim, eles moravam lá o mais novo foi tentar a vida em São Luís seu Altamiro é que veio parar aqui foi meu sócio sabia?, pois e eu e então — interrompeu a conversa por se ocupar com o café trazido pela esposa e com a cadeira para mim seu visitante vindo de muito longe a ponto de encantá-lo por fim ajeitados com o café fumegante em nossa frente, Vim de Bacabal minha família toda é desta região alguns até tentaram a vida com babaçu e outras culturas mas todos acabaram como eu na plantação de arroz aqui o que se produzir é consumido por aqui mesmo e tem bom preço quando o Altamiro resolveu mudar de vida ele enfiou o pé na lama como todos nós, mas eu acho que não se sentiu bem numa cultura que ocupa um homem durante uma temporada e depois fica amornando cadeira em casa por bastante tempo, sim, foi pra Goiás não, me lembrar o município eu não me lembro porque pra ser franco na despedida parece que ele falou uma palavra muito esquisita o nome que eu não entendi mas também não quis perguntar o senhor me entende não é mesmo? — Mas então diga — e ele me pergunta de onde eu venho e o que faço por isso conto minha história omitindo tudo que eu não quero que ele saiba como é o caso de meu casamento com a Circe, irmã deste Altamiro, e principalmente minha condenação e os anos passados na penitenciária por isso sou obrigado a contar umas invenções que os Fagundes são herdeiros de uma fazenda no Sul e que eu vivo de dar aula, Professor?! — até a esposa ali mexendo no fogão se vira e para me observando os dois muito admirados porque sem costume de conversar com gente mais graduada como ele declara mais graduada, Aquele baixinho ali, e o detento me mostra o Chiquinho Chinfrim, Amoleceram o lombo dele à porrada e agora curte isso aqui, até hoje sem julgamento, e ela, mexendo no fogão, que já vinha notando pela linguagem que não estava perante qualquer um que antes pensava apenas que era diferente por ser de outra região mas agora se dava conta de que era pessoa estudada, sim senhor, e enche novamente minha xícara com um café que está mais para fraco, uma pessoa mais graduada, com faculdade, e confessa com voz de alguma decepção que nunca tinha entrado em uma faculdade e que o mais graduado conhecido por ali é o padre que falava diferente também a esposa dele avisa que o almoço já está quase pronto e realmente sinto o aroma dos condimentos ervas que existem por ali pelas hortas e quintais por isso em vez de café eles dois me oferecem bebida mais forte e quente bebida de abrir o apetite, que eu aceito e sinto que minha garganta está pegando fogo ele diz de que fruta é feita a bebida mas não entendo o nome só sei que no Sul essa fruta não existe, Olha aqui, seu — então me lembro que até aí não tinha dito meu nome, isto é, tinha dito mas ele não tinha entendido, Renato — eu ajudo, pois é, seu Renato resposta pronta aqui na palma da mão eu não tenho, mas me deixe seu telefone, seu endereço porque algum Fagundes pode aparecer por aqui e boto vocês em contato a garrafa térmica e as xícaras são retiradas para a pia nós somos convidados a dar uma volta pelo quintal porque a dona da casa vai fazer a mesa e não andamos mais do que uns cinco minutos e somos chamados para o almoço entramos na cozinha acompanhados de um furacão de três rapazes que aparecem não sei de onde e tomam seus lugares o pai declara o nome de cada um deles que mal entendo e penso que nem haja importância em entender sentamos também e a esposa serve os filhos primeiro então sou convidado a me servir, interessante como depois de me declarar professor o casal se tornou mais formal como se uma celebridade em sua casa era assim na penitenciária quando descobriram minha profissão todos eles meus companheiros de clausura sem exceção se formalizaram e me trataram como se eu fosse uma autoridade aquele Manezinho não posso esquecer a cara dele chorando a perda do namorado e me sirvo de arroz, ele declara, não tem agrotóxico é de sua lavoura logo depois ele me aparece esfuziante com seu mais recente amor o frango foi criado em seu quintal a mandioca é de uma rocinha mantida numa ladeira acima do arroz as verduras e legumes dali o senhor viu dali da nossa horta, Mas como é mesmo seu nome? — mastigo com gosto e penso que não fosse pelo fósforo o sal e a luz eles estariam ainda na Idade Média por sua autossuficiência claro que estariam faltando um fuso e uma roca o que não seria grande problema fariam suas próprias roupas grosseiras sem dúvida mas funcionais às três da tarde eles me informam depois só amanhã e saímos da mesa para o quintal à sombra de árvores ornamentais e frutíferas o cachorro nos olha de longe curioso achando que algo está errado um estrangeiro com cheiro diferente um homem que veio do frio mas o respeito pelo dono é a muralha para que não nos venha ameaçar se conheço jambo?, ora só na expressão morena jambo então andamos uns trinta metros até uma árvore carregada de umas frutas vermelhas e derrubamos algumas para nossa sobremesa confesso a meu anfitrião, Marcos, não é mesmo? — que jamais imaginaria o jambo como uma fruta tão saborosa e ele começa a me explicar todos os benefícios para a saúde da fruta enquanto ela era consumida até com certa avidez o jambo uma fruta boa e bela mas não consegui comer mais do que dois pois o almoço tinha sido farto e eu não parava de consultar o relógio daqui lá?, uns dez quinze minutos falta muito ainda mas o tempo flui com estranha rapidez por isso declaro que estou com medo de perder o ônibus e o dono da casa e um dos filhos que ficou fazendo-nos companhia caíram em gargalhadas tão expressivas que a esposa apareceu muito curiosa na janela da cozinha vamos até a horta um cercado depois do pomar o homem sempre explicando o que víamos seus nomes e utilidades às duas e meia forço uma despedida atravesso a casa na sala pego minha valise e me encaminho para o ponto de um bar que funciona como rodoviária, contente, pois já não vou de mãos vazias.

*

Capítulo 14

Toda a vida preferi viajar na janela porque em caso de conversa aborrecida do companheiro de banco é só ficar olhando para fora muito interessado por tudo que a paisagem pode oferecer mas não é o caso deste companheiro aqui do lado porque ele me conta que seu destino é Brasília ele é um homem mais velho do que eu veste-se como gente de cidade exceto o chapéu de aba larga que denuncia sua origem rural o que é reforçado por seu bigode de pontas levantadas e quando falo da minha pesquisa por alguém de sobrenome Fagundes, hora em que ele enruga a testa espreme os olhos e alguns segundos imóvel em seguida me encara muito de perto bafo morno para dizer que sim o sobrenome não é desconhecido e se for quem ele está pensando é um povo de Formosa tive negócios com um deles há muito tempo dou meu cartão ao desconhecido se souber de alguma coisa algum contato e ele me conta sem eu ter perguntado que em Brasília fica a sede de sua empresa atualmente dedicada à construção civil mas se tiver alguma notícia qualquer coisa que possa ajudar eu posso contar com ele o ronco do motor a conversa mansa sobre o número de casas as plantas arquitetos e engenheiros a seu serviço a monotonia por isso fecho os olhos e cabeceio por fim meu companheiro de banco para de falar eu encosto a cabeça no vidro da janela e não sei quanto dormimos porque não conheço a região mas imagino que tenhamos dormido um bom pedaço de estrada nós dois e acordo sentindo que me falta alguma coisa para ter uma vida normal, com equilíbrio mental e emocional, e me lembro de que fui libertado tenho necessidade de comentar minhas experiências de prisioneiro, como a história do Bigode, o Bigode tinha o aspecto físico de pessoa bem humilde e um dia se chegou a mim e me perguntou se era eu o pastor que todos falavam, o ônibus segue rompendo as distâncias indiferente às nossas idiossincrasias e anseios porque o dia escorre para o ocidente e deixa sombras em seu lugar, de ônibus ele me informa porque tem medo de avião à frente um posto de combustível todo iluminado dez metros além a fachada de um restaurante e é aqui que o ônibus para porque desde o almoço não comemos nada nem poeira porque a estrada é asfaltada meu companheiro de viagem depois do medo de avião o corpo numa vertical incômoda um braço e uma perna atravancando o corredor não acorda e me impede a passagem então sacudo seu braço, Companheiro, é hora de jantar — e ele abre os olhos mexe o bigode e me pergunta o que está acontecendo então repito, É hora de jantar — de repente move a cabeça de uma forma brusca e solta, Ah, sim, ótimo porque já estou com fome — então se levanta e reparo no tamanho de seu corpo largo e alto então saímos do ônibus com um pouco de pressa porque o motorista disse meia hora engulo alguma coisa rápido e aqui fora uso os minutos que nos restam para informar a Valquíria sobre nossa localização neste país oceano começa que droga a chover e os passageiros que já terminaram de jantar como eu e aproveitam a parada para esticar as pernas mas temos de correr para nos abrigar no ônibus e meu companheiro de banco já está com uma perna no corredor se encolhe para me dar passagem e parece ter ficado contente porque gosta de conversar e começa a falar de São Luís de onde vem acertar uns negócios por minha vez falo primeiro de Bacabal para mim uma surpresa uma cidade moderna um centro comercial movimentado e até uma unidade da Universidade Federal do Maranhão. Que não, não visitei a Universidade o senhor sabe não vim a turismo e poucos lugares interessantes visitei pressa para resolver meus problemas uma busca à família Fagundes, sim, é verdade e a primeira pista me levou a Lago Verde, aí sim, uma cidade com uns quinze mil habitantes então encontrei uns rastros da família mas gostei muito das cidades que me surpreenderam uns prédios modernos alguns, e os hotéis, então, se os azulejos em São Luís?, não deu tempo tive de andar muito até encontrar a primeira pista — então ele acho que orgulhoso pelo que falei a respeito das cidades se para a contar sua vida os lugares ele daquela região interrompo e pergunto por que seu estado é Nordeste semelhança nenhuma com aquilo que do Nordeste se pensa lá no Sul que é tudo seco esturricado vegetação entanguida e rala a caatinga e ele explica que a localização é Nordeste, sim, mas os rios e lagoas as matas são amazônicas os campos também não parecem nordestinos tanto é que a pecuária não é mesmo?, é um estado de transição, sabe, porque antigamente tempo do Brasil colônia era Maranhão do Grão-Pará — que aí sim era uma parte bem amazônica e a outra mais nordestina é só ver os milhões de palmeiras aquelas do babaçu muito elegantes com suas folhas meio empinadas de repente sinto que alguém está falando uma zoeira porque o ruído do motor já não ouço mais o costume uma voz humana parecendo vir de muito longe invade meus ouvidos mas não forma palavras então minha cabeça pende e cai sobre meu peito e concordo que sim, claro que sim, porque meu companheiro acaba de me fazer uma pergunta e ele continua falando das regiões onde viveu e trabalhou e sinto que estou perdendo o sentido das palavras que se diluem umas nas outras numa sequência ininterrupta como se música meu braço começa a ficar dormente e bem alerta mudo de posição então me parece que ele fala para si quem sabe necessidade de organizar os pensamentos, suas recordações, que não, foi a resposta, Eu sou professor, e o Bigode cala por longos segundos para concluir dizendo, Mas não é a mesma coisa?, e diz que precisa me fazer uma consulta, ele e sua consciência dolorosa, novamente respondo que sim, claro sem ter entendido a pergunta nem certeza de que ela foi feita e escoro a cabeça no vidro da janela e de olhos fechados vejo a Valquíria caminhando descalça na minha casa e seus passos para mim são os passos de uma dança silenciosa seus pé macios leve tontura como se estivesse penetrando no paraíso uma espécie de felicidade sem motivo uma felicidade pura que não é alegria porque nasce de dentro ela é uma paz minha respiração e a voz do meu companheiro de viagem não sendo música ainda me embala acordo com meu vizinho de banco sacudindo meu braço o ônibus parado o céu com estrelas e ele diz cheguei e se despede porque chegou ao final de sua viagem quantas horas eu dormi?, impossível saber e enxugo a boca babada com a manga do braço e como ninguém embarca me vejo com espaço suficiente para deitar de pernas encolhidas para dormir o resto da noite o ronco do motor agora é meu sonífero e vai se distanciando vai entrando numa área cinza da consciência e volto ao paraíso quantos quilômetros?, quantas horas?, acordo na frente de um restaurante de estrada ao lado de um posto de combustível com os passageiros entupindo o corredor por isso tenho de esperar algum tempo antes de descer para o café não sei não faço a mínima ideia de onde estamos pela janela vejo morros distantes onde o sol se espreguiça e finalmente é minha vez de descer aproveito para pedir uma xícara de café com leite, um pingado, e dois pães de queijo porque já os vi e não são muito grandes o suficiente entretanto para saciar minha fome, que não é muito grande a meu lado uma mulher de cabelos grisalhos mas de pele lisa me encara com um sorriso de simpatia e me cumprimenta com um bom-dia com uma voz cheia de malícia em seguida comenta, O senhor dormiu bem esta noite, não é mesmo? — meio encabulado primeiro sacudo a cabeça concordando com ela, deve ser uma professora eu concluo por causa do aspecto e da facilidade de estabelecer relações mesmo com estranhos peculiaridades da profissão me parece maliciosamente começo a pensar que sua abordagem seja o início de uma tentativa de assédio mas em meus olhos aparece uma Valquíria guerreira me ameaçando com um tridente e noto que suas orelhas crescem desmesuradamente agudizando nas pontas e seu manto preto por forro tem um tecido vermelho brilhante, E a senhora viaja muito ainda? — Desembarco por volta do meio-dia — não digo a ela que a invejo pois vou muito mais longe quando voltamos ao ônibus a professora me pergunta se pode ocupar o banco vago a meu lado e claro que concordo, mas as diversas imagens da Valquíria trovejam em meus ouvidos, então ela explica, Lá atrás estou ao lado de um homem fedendo à cachaça e às vezes ele cai por cima de mim — e começa a conversar até que eu acabe descobrindo que é dona de uma loja e que o assédio imaginado é produto de uma mente maliciosa, a minha, perdi espaço, mas ganhei uma interlocutora agradável, mulher culta e de conversa fácil que me revela muito de sua vida, seu marido e dos filhos o que me impõe é claro que revele a ela tudo da minha vida que posso revelar sem que as pessoas me olhem com medo pois alguém que carrega uma vítima de morte sobre os ombros coisas que geralmente tenho de omitir sobre mim é minha condenação e as ideias políticas de meu pai e sobre religião também não falo muito, quando respondo à minha companheira de banco que não professo nenhuma religião ela não demonstra muito espanto e depois de meia dúzia de segundos acrescenta em forma de contemporização, Mas em Deus o senhor acredita, não é mesmo? — fico durante algum tempo hesitante entre confessar a verdade ou mentir e acabo, para não acabar com a conversa, confirmando que sim, claro, apenas com movimentos da cabeça para cima e para baixo gestos que permitem a continuação da conversa saltando de assuntos micro nossa vida particular para assunto macro a situação do país, não quis abordar de imediato o assunto pois sei que no Brasil grassa uma nuvem negra de ódio social por isso ouço a defesa das políticas econômica, educacional, trabalhista, ambiental do governo e percebo que minha companheira está muito pouco informada sobre o que acontece com o país mas acredita em tudo que gostaria de acreditar então me lembro dos vários significados da palavra ideologia esta construção subjetiva da realidade de acordo com algum interesse particular ela me distrai até a hora do almoço e quando a convido para almoçar comigo ela declina do convite e diz que, Já já ah, olha ele ali — e caminhamos na direção de um homem mais alto do que eu vestido com se fosse para alguma solenidade e depois do beijo de boas-vindas ela o apresenta meu marido Heitor e meu companheiro de viagem que me livrou do incômodo de viajar ao lado de um bêbado então foi a vez de Heitor me convidar para almoçar com eles mas o motorista havia gritado lá da frente, Meia hora — por isso aperto a mão dos dois que foi um prazer essas coisas e entro no restaurante quase correndo por ter perdido minutos preciosos com aqueles lojistas que talvez nunca mais na vida os encontre gente educada e bonita de conversa interessante mas não adianta apesar de toda simpatia fazem parte daquilo que mais combato que é um dos flancos da classe dominante ou seja em abstrato devo odiá-los ao passo que em concreto os cubro de simpatia não é bem aquela história do público *versus* privado, muito mais um exemplo de abstrato *versus* concreto mal dou a última garfada e ouço a chamada do alto-falante por isso saio correndo e a surpresa de estar novamente com um banco inteiro só para mim me alegra um instante antes de pensar na voz daquela lojista e seus assuntos antes de se botar a dar opinião a respeito do país então me parece que sinto uma dor muito suave na cova do peito pois sinto que falta alguma coisa alimentado o peso no estômago satisfeito a temperatura amena do ar-condicionado sinto meu corpo esmorecendo uns formigamentos aprazíveis que me convidam a deitar novamente com as pernas encolhidas não sei por que se ninguém a esta hora sai de seu lugar a não ser para ir ao banheiro mas meu banco é um dos primeiros e minhas pernas não atrapalhariam ninguém de repente acordo com dor no corpo a posição e me lembro de que na valise tenho comprimidos de relaxante muscular então me sento e pego um comprimido, sim, mas e água, jogo o comprimido na boca já à beira da goela fecho os olhos imagino minha boca cheia de água e com um movimento dos músculos bucais o comprimido é despencado para o fundo do corpo aproveito para ficar sentado um tempo quem sabe alguma paisagem conhecida mas isso não acontece e, sentindo que a dor diminui, volto a deitar com as pernas encolhidas e com os olhos fechados consigo ver a Circe quando me diz que não pretende continuar a faculdade que muito mais importante para ela agora é garantir um emprego com que possa pagar suas contas principalmente o aluguel a Circe e pensar que jamais caberia em minha imaginação no dia em que lhe ofereci uma carona no meu guarda-chuva que aquela estudante seria minha esposa não sabíamos nada um do outro e resolvemos casar parente nenhum de nenhum dos dois lados para testemunhar nosso enlace mal me deu alguma notícia sobre parentes em Bacabal porque dos dois tios um deles a ajudou com as despesas até que ela encontrasse um emprego as imagens começam a embaralhar-se lógica nenhuma à medida que surgem e se alternam então suspiro ruidoso sacudindo o peito e acho que o mundo e o ruído do motor tudo cada vez mais longe acordo com a falação de passageiros afundando no corredor gente alegre gritos e risadas e percebo que estão voltando do restaurante a sorte é que não estou com fome pois acabo de perder o jantar até agora um tal de dorme acorda em alternância que já não sei quando estou dormindo ou acordado quanto tempo onde estamos como na prisão quando se perde a noção do tempo alguns relatam que na solitária meio-dia e meia-noite não têm diferença dois dias não têm muita diferença de duas semanas e me parece que agora não durmo mais com este meu corpo descansado e olhando pela janela me parece estar vendo uma colina coberta de mato conheço esse lugar.

*

Capítulo 15

O motorista do táxi me ajuda a carregar minha bagagem até a varanda da minha casa e retira-se conferindo o dinheiro recebido me parece que um pouco desconfiado, enfim enfia o dinheiro no bolso vira-se para trás e se despede desde a passagem pelo portão minhas pernas não param de tremer e não é resultado da viagem mas o fato de ter visto lá do portão duas janelas abertas uma na sala e outra no meu quarto e não perdi na prisão o sentido da privacidade apesar do ambiente promíscuo o Manezinho chorava como criança coisas do amor meus assuntos sempre tentei manter infensos a qualquer investida mas e agora tenho de entrar e encontrar o quê aí dentro?, ainda se o motorista mas não e procuro a chave na valise e bem lá no fundo a encontro encosto o ouvido na porta para auscultar o interior da casa e nada ouço então abro a porta ainda com as pernas tremendo e vejo que houve mudanças na sala uns vasos, toalhinhas nos móveis, quadros nas paredes e o sentimento de medo transforma-se em curiosidade e daí prossegue para desconfiança por isso o sangue acelera correndo pelo corpo todo um calor conhecido principalmente quando ouço ruídos na cozinha e para lá caminho com passos leves de veludo até espiar pela porta e descobrir à volta do fogão minha amada que já deve ter percebido minha chegada por causa do táxi e dos ruídos na porta da sala então ela para e olha para trás com sorriso maroto exposto no rosto e disparamos ao encontro que deve matar a saudade dias e dias separados por uma distância oceânica e é um abraço prolongado atiçando os corpos que se desejam se até um Manezinho e nosso beijo é quente meio furioso você estava preparando o jantar rebato sua observação estava porque os corpos não esperam e da cozinha saímos com pressa para chegar à cama já nus ela me derruba com um tranco e me cavalga o rosto deformado pela luxúria e não conseguimos prolongar o momento do orgasmo nossa respiração arquejante e os corpos largados lado a lado uma leve tontura quase um sono descobri sem querer meus pais só faziam amor quando eu saía de casa a Valquíria não chegou a gritar mas seus gemidos ultrapassaram as paredes da casa também bufei um pouco ela passa a mão no meu peito uma carícia e desce para o ventre então percebo a intenção e o pensamento manda recado para um membro a crescer endurecendo mas desta vez quem vai por cima sou eu e começo lentamente nossos olhos se encontram e isso é suficiente para que eu aumente o ritmo da penetração agora vamos conseguir uma viagem mais prolongada no presídio alguns recebiam visitas íntimas e eu me escondia para me masturbar até o cheiro naquele corredor mas que a Circe com os filhos não podia imaginar ou podia desconfiar o seu Lourenço que a Zoé casada com alguém do Norte notícia nenhuma nunca mais a Circe com o filho levados embora por um homem numa caminhonete e deixou uma caixa no posto para quando fosse libertado estamos com os corpos suados e a Valquíria propõe uma chuveirada e vamos brincar um pouco debaixo d'água estamos ambos muito felizes por isso rimos por qualquer bobagem uma vez na faculdade meus colegas me convidaram para uma reunião e era na verdade um encontro na casa de um deles para fazer uma roda de maconha minha primeira experiência e última eles todos não paravam de rir com medo eu ria um pouco mas muito preocupado acabei perdendo noção de tempo meus lábios minha boca dormentes e não parava de pensar que de repente um policial arrombava a porta e nos prendia por isso ria só um pouco ela enxuga minhas costas e o mesmo faço por ela além dos seios empinados suas nádegas são a paisagem mais bela que jamais conheci, Bem — ela me diz enquanto nos vestimos — os corpos já se satisfizeram agora é a vez das mentes você vai me fazer um relato de tudo que aconteceu nesta viagem e adianto que não será grande coisa porque se tivesse conseguido algum resultado estaria gritando para o conhecimento do bairro todo — sento no meu lugar preferido à mesa enquanto a Valquíria de costas para mim lida no fogão, Só dois minutos — ela avisa pois já tinha deixado tudo praticamente pronto e a contemplo à vontade sem que ela saiba e o que também acho que não sabe é a sensação de plenitude que sua presença me infunde porque ter alguém ao lado para concordar ou discordar de qualquer maneira alguém com quem trocar isto sim é a felicidade e me vem à lembrança novamente aquela conversa do Bigode, que precisava saber por que de todos os filhos, eram oito, um deles tentou introduzir o vício com drogas para dentro de casa, e foi advertido muitas vezes, mas continuava tentando corromper os irmãos e irmãs, uma travessa com bife a panela do arroz um prato com ervilhas e tomate e ela diz que à noite não se deve comer demais por causa dos pesadelos ela muito professora e depois de pequeno intervalo de silêncio, Bem, e o relatório? — me concentro para começar, mas não paramos de comer, Conheci duas cidades que me surpreenderam e algumas pessoas muito simpáticas fui tratado quase sempre com muita fraternidade no hotel — ela reage e me pergunta se não viajei para chegar ao hotel, Tudo, tudo — ela me repreende então me declaro um péssimo narrador pois não consigo seguir uma linha reta no tempo na sucessão dos fatos minha memória dá pulos para frente e para trás, Mas, sim, comece do começo, da rodoviária em diante — ela me disciplina, a viagem se parece com o túnel do tempo e não há como ter certeza de que se progride, um túnel do tempo em que se fica parado sem antes tampouco depois a meu lado um cidadão com necessidade de falar a ponto de me contar tudo sobre sua vida, Tudo? — Bem, "tudo" é uma hipérbole porque tudo ninguém sabe sobre si mesmo tanto por questão de memória mais fraca como por exclusão do que é desnecessário ou desconfortável, como é o meu caso, sinto necessidade de contar o que houve comigo na prisão, mas não posso sair por aí contando o que houve, como a história do Bigode, que um dia não aguentou mais e deu cinco facadas no filho viciado, então a pergunta, isso era considerado pecado?, estava condenado ao inferno ou podia ter esperança de ser levado para o paraíso, essa história, o que eu quero dizer é que ele não parava de falar e fiquei sabendo de detalhes da vida dele, mas ele desembarcou se não me engano em Brasília e fiquei com dois lugares só pra mim e pude me deitar claro com as pernas encolhidas mesmo assim consegui dormir um tanto mas antes de Brasília o ônibus começou a soltar uma fumaça preta e o motorista nos levou para uma vila onde havia oficina mecânica ele tinha medo de que o motor fundisse foi o que nos disse só que a oficina estava fechada então até achar um bar com o dono dormitando atrás do balcão e um bêbado ocupando a única mesinha do bar e foi sorte encontrá-los pois deram o endereço do mecânico, então pensa bem, até que ele viesse estremunhado atender à porta trocasse de roupa e resmungando fosse abrir seu estabelecimento o tempo que perdemos, pois era uma mangueira rachada por onde vazava óleo sobre alguma coisa que ia soltando aquela fumaça, se não tivéssemos parado, foi o que nos disse o mecânico, em pouco tempo o motor poderia fundir, por sorte, muita sorte, ele também tinha o óleo para completar o tanto que faltava enquanto isso nós os passageiros aproveitamos para espichar um pouco as pernas, que já começavam a inchar e adormecer o ônibus parou acho que perto da meia-noite nem me dei o trabalho de olhar o relógio e fiquei dormindo ah, mas isso foi na volta só acordei quando os passageiros começaram a entrar de volta de uma refeição um lanche da meia-noite eles entraram conversando e rindo então acordei e minhas pernas estavam dormentes então me sentei um pouco até me levantei pois é, mas eu estou indo a São Luís, depois de quatro dias viajando peguei outro ônibus para Bacabal, bem esqueci de contar que tivemos outra parada por problema no motor duzentos e poucos quilômetros em uma estradinha estreita um asfalto esburacado só aí já foram mais umas quatro horas porque o movimento era muito intenso e o caminho estreito os carros e caminhões desviando-se dos buracos ninguém conseguia correr o encanto desse percurso era a paisagem umas palmeiras com suas palmas erguidas com muita elegância milhões delas depois fiquei sabendo que era o coqueiro babaçu e milhares de pessoas principalmente mulheres vivem de quebrar o coco da palmeira para extrair as amêndoas as quebradeiras de coco mas além disso na paisagem o que me surpreendeu foi a quantidade de lagoas nos campos várzeas e várzeas de pastagem e grandes rebanhos bovinos e eu estava no Maranhão um estado nordestino como explicar isso?, rios, lagoas, pastagens, gado e aquelas verdadeiras florestas de palmeiras muito exibidas em sua elegância concluí que o Maranhão encerra o território das catingas nordestinas e inicia o clima tropical úmido do Norte, quer dizer, o Maranhão é que separa a umidade amazonense da secura nordestina bem, pelo menos foi a única explicação plausível do que estava vendo pegamos uma chuvarada e a viagem se tornou ainda mais lenta porque pequenas lagoas no leito da estrada escondiam às vezes verdadeiras crateras e foi quando me lembrei do dia em que a Circe me pediu carona porque eu estava de guarda-chuva e andamos uns cinquenta metros quando ela enfiou o pé numa lagoa e a água subiu até seu tornozelo eu ia passando e na frente de um bar abrigada ela perguntou se podia me acompanhar e enfiou seu braço no meu e ficamos assim até o casamento não me lembro bem mas parece que ela trancou a matrícula por causa do serviço em um laboratório quer dizer no escritório de um laboratório que segundo ela tinha um salário bem alto e ela me perguntou se eu queria casar com ela assim foi que teve primeiro uma filha a Zoé o que a obrigou a parar de trabalhar no escritório e comecei a ser o único arrimo da família, sabe, ah, sim, peguei um táxi que me levou até o Hotel Roma indicado por um dos passageiros que vieram de São Luís para Bacabal, um fazendeiro que me pediu um cartão porque às vezes cruzava com algum Fagundes, bem o hotel me deixou deslumbrado do piso ao teto passando por móveis e paredes um luxo só e aceitei sem ver o quarto porque era o último e eu não havia feito a reserva tive de pagar a diária de três dias antecipada porque não tinha feito reserva e a verdade é que não sabia quanto tempo ficaria procurando os dois tios da Circe mas olha um serviço de alta qualidade porque eu, que tinha chegado no bagaço imagina quatro dias disse que não desceria para o jantar o de que precisava mesmo era de espichar o corpo pois não é que me levaram o jantar ao quarto, claro primeiro ligaram para me perguntar e eu aceitei tomei um relaxante muscular e antes de dormir liguei para você foi o melhor hotel em que já me hospedei na vida o pior você sabe foi a penitenciária acho que já te contei que um detento, o Manezinho, abandonou seu namorado e agora estava com medo de alguma vingança por isso tratou de arranjar outro namorado que escolheu entre os mais temidos da unidade então ninguém mais se meteu com ele na prisão fiquei conhecendo muitas histórias não sei se você já leu do Dostoiévski o *Recordações da casa dos mortos* não pois vale a pena aquela fauna culpada de todos os crimes que você possa imaginar e em autores dos crimes mais bárbaros o narrador vai descobrir alguma humanidade o Dostoiévski é um dos iniciadores da relativização da verdade que é uma coisa bem moderna ah, sim, no dia seguinte depois do café saí à rua entrando em bares igrejas clubes qualquer espaço que poderia me dar notícias de algum Fagundes nem almocei para não perder tempo e à noite quando voltei ao hotel troquei de roupa e tive de jogar minha camisa na pia porque estava encharcada e me pareceu que fedia desta vez depois de uma ducha de água fria me vesti e desci para o restaurante estava morrendo de fome conversei com várias pessoas fiz amizades mas ninguém tinha notícias de qualquer Fagundes no dia seguinte resolvi me bandear para outro lado da cidade olha eu não esperava porque a imagem que no Sul se tem é que Norte e Nordeste são regiões de atraso coisa nenhuma uma cidade com mais de cem mil habitantes prédios imensos de apartamentos tudo muito bem cuidado tudo moderno quem iria imaginar que por trás de um nome como Bacabal houvesse tanta modernidade pois até uma unidade da Universidade Federal do Maranhão existe passei uma tarde conversando com professores e alunos sem resultado é claro como até então acontecia mas você veja como somos preconceituosos achamos que o Brasil vai do Sul até o Centro-Oeste e o resto lá pra cima é um peso que precisamos carregar puro engano minha querida mas voltando ao relatório já estava quase uma semana fora de casa quando entrei numa igreja e o padre, que era novo na paróquia me indicou uma família cuja mãe tinha trabalhado muito tempo como quebradeira de coco atividade dos Fagundes segundo eu tinha ouvido e pra lá me toquei então fiquei sabendo, veja só, as primeiras notícias corretas, que o mais novo, com a falência, tinha se estabelecido ninguém sabe em que ramo, em São Luís e mais do que isso o ex-sócio dos Fagundes não sabia, quanto ao mais velho, mudou-se para Lago Verde, cidadezinha de uns cinco mil habitantes, e foi trabalhar com arroz, mas tudo isso tinha acontecido havia mais de dez anos fiquei naquela casa até o anoitecer porque me fizeram falar, me obrigaram a tomar café e finalmente exigiram que eu jantasse com eles e jantei no dia seguinte tomei um ônibus e me mandei para Lago Verde acho que misturei os fatos pois foi em Lago Verde que passei a tarde com o arrozeiro que tinha sido sócio do Fagundes mais velho, é acho que foi assim, e como o arroz não estava rendendo o que o irmão da Circe esperava vendeu tudo em Lago Verde e se mandou para Goiás, mas daí em diante ele não tivera mais notícia nem endereço apesar de que vez ou outra apareciam arrozeiros de Goiás por ali, ele disse, e que um dia talvez pudesse me informar onde encontrar meu cunhado e na minha cabeça começavam a dançar cenas do presídio como a história do Donato, um rapazinho tranquilo e franzino que tinha matado a noiva e o amante da noiva com dez facadas em cada um não era nem parecido com meu caso que só queria encontrar a Circe para conseguir o divórcio que me libertasse de posse daquelas informações voltei para Bacabal e comprei a passagem para a volta na manhã seguinte tomei café no hotel fiz o *check-out* embarquei de volta um pouco antes de Brasília meu companheiro de banco um homem muito rico pelo menos como dava para entender de sua conversa desembarcou prometendo me ligar quando soubesse alguma coisa do Fagundes com quem já tivera negócio sozinho no banco, tarde da noite me deitei com as pernas no corredor dormi bastante até que numa parada para lanche um homem veio me perguntar se poderia ocupar o banco vago porque lá onde estava lá atrás sentava ao lado de um bêbado que fedia muito e se jogava por cima dele a todo momento, bem para mim era diminuir meu conforto mas o homem me pareceu uma pessoa simpática e então concordei na madrugado do dia seguinte ele desembarcou e no resto da viagem até aqui consegui deitar quando tivesse vontade mesmo assim até agora me sinto arrebentado mas o amor não poderia esperar a Valquíria tinha terminado de comer e começou a retirar as louças da mesa ela alegre e eu alegre porque estávamos novamente juntos depois de mais de uma semana de separação de repente enquanto lavava as louças na pia virou-se pra mim e com ar muito sério perguntou, E agora? — Agora é ter paciência e esperar, vamos continuar como antes você no seu apartamento e eu na minha casa, juntos só nos feriados e nos fins de semana — um pouquinho de sombra nos encobriu mas não o suficiente para que não voltássemos a fornicar.

*

Capítulo 16

As aulas começaram na segunda e vamos curtir o primeiro sábado juntos depois da separação combinamos os encontros aqui em casa porque no apartamento dela é uma ginástica para entrar sem ser visto os moradores são na maioria pessoas idosas e em moral extremamente conservadoras mulher solteira recebendo homem no apartamento isso de jeito nenhum coisas de fama eu sei que agora será por um bom tempo que deveremos acostumar-nos com os dias úteis solitários para nossos encontros nos fins de semana aqui em casa e isso quando a Valquíria não estiver comprometida com a família geralmente para resolver algum problema porque seu irmão, santo deus, é um banana, que mesmo banana com frequência vem dormir no apartamento da Valquíria uma vez quase que nos flagrou em roupas íntimas, quando tocou a campainha ela disse que era ele o toque dele e consegui me vestir e sair pela porta da cozinha enquanto ele entrava pela porta da sala o combinado foi que ela saísse depois das aulas da sexta-feira mas ontem me telefonou que em sua cidade caiu um pé dágua de causar enchente e isso tornava perigosa uma viagem à noite a água já ferveu e vou passar um café para meu desjejum mas eis que seu carro estaciona lá na frente ela atravessa este arremedo de jardim que ainda consigo manter e vou encontrá-la na metade do caminho estamos um pouco protegidos pelas árvores da calçada por isso não relutamos no longo beijo de perder o fôlego e sinto desde já sua respiração arfante e o corpo fremente de desejo mas minha opinião é que prolonguemos a espera e vamos direto para a cozinha porque se ela já tomou café antes de sair como disse eu ainda estou em jejum e a Valquíria aceita um cafezinho só para me fazer companhia não come nada quando termino ela recolhe a louça e a leva para a pia enquanto isso me diz para ir até seu carro e me dá a chave para trazer duas caixas de papelão por isso mas sem muita curiosidade vou pegar as duas caixas, Pode abrir — ela sugere, e ali mesmo na sala com uma faca corto as tiras das junções e abro primeiro a maior, Mas o que é isso? — pergunto um pouco assustado e ela apenas sorri, Acho que já está na hora — ela comenta e ponho um computador sobre a mesinha de centro e parto para a caixa menor e depois de abri-la retiro lá de dentro uma impressora, Mas Valquíria, não sei nem como ligar esse negócio aí — por isso ela me informa que durante as férias tomou aulas de computador não grande coisa mas o suficiente para me dar as primeiras lições, Com isso a gente se comunica melhor, não substitui o telefone mas pode-se mandar mensagens a qualquer hora, mensagens que ficam à espera de quem as leia por todos os tempos quando poderão ser recolhidas — meu pai deixava bilhetes sobre minha cama porque nos encontrávamos menos do que ele gostaria meu pai parece que o vejo na poltrona da sala mergulhando nos jornais anarquistas este mundo tem de melhorar para todos ele repetia é preciso acabar com tantas injustiças sociais ele se foi muito cedo a Valquíria me chama para ver o que e como arranjou num canto da sala com a mesinha do quarto e pensei que ela fosse começar as lições mas quando demonstro meu contentamento misturado com minhas dúvidas ela se enrosca em mim e colamos os lábios antes de entrarmos no quarto saciados, uma água morna escorre por nosso corpo e brincamos com o sabonete, com a bucha, colamos nossas peles e agora enxugo as costas da Valquíria e ela faz o mesmo comigo minha pele vibra com a delícia da toalha seca ela se veste antes de mim e arruma a posição das poltronas da sala de bermuda e camiseta ocupo uma das duas, mas antes abro a porta porque a chuvarada que caiu na região trouxe um ar fresco que fazemos questão de usufruir sentados muito próximos não é difícil começar a conversa porque a Valquíria ainda não me contou muita coisa de sua estada com a família que o pai pobre do jeito que é disse um dia à mesa que pobre deveria morrer tudo de fome que eles os pobres são a desgraça do país tudo de ruim que por aqui acontece tem pelo menos em sua origem algum crime de gente pobre e é isso que o governo dá a entender a todo momento através das declarações de seus ministros então a mãe, que nunca dá palpite sobre política parou com o garfo no ar e com os olhos muito abertos rebateu o marido porque nós também somos pobres então teríamos de morrer de fome?, nesta hora o Alexandre muito mais rubro do que o normal acaba com o almoço acusando o pai de puxa-saco do governo, que odeia os pobres, Puxa-saco, sim! — e o pai bateu com as duas mãos na mesa e gritou que aquilo não era sua família levantou-se e foi para o quintal, uma família, declara Valquíria, emblemática pois assim está o país um país rachado ao meio sem esperança de conciliação, capital *versus* trabalho, pergunto, quase isso, ou é isso mesmo apesar das aberrações como seu pai um pobre que defende os ricos, ou seja, o trabalho que defende o capital e por esses meandros da vida política brasileira continuamos com pausas, reflexões até me dar vontade de um café e convido-a para a cozinha é um sábado quase como todo sábado, a diferença principal é que terminamos de tomar nosso café a Valquíria me repta a aprender alguns comandos do computador depois de algumas explicações concordo com ela é tudo muito simples, É verdade — ela concorda, Mas se inverter um dos comandos não vai chegar aonde quer, então é simples se pressionar as teclas na ordem correta — ela diz que não pode avançar muito porque eu posso não me lembrar, apesar de que fui anotando tudo que ela fazia ou dizia, levanta-se e anuncia que está na hora de começar o almoço concordo e vamos ver o que é possível preparar para nosso banquete, nas latas fechadas encontramos arroz, feijão, na geladeira tenho dois tipos de carne, bovina e carne de frango, e ovos, a Valquíria diz que isso é suficiente, faz uma omelete com cebola e ervilha e duas coxas de frango, Mais do que isso é exagero — ela afirma, Ah, sim, ia esquecendo, tenho na geladeira um Malbec rosé que vai muito bem com nosso almoço num dia como hoje nem quente demais nem frio — não, meu pai não era assim e no almoço falamos pouco mas não paramos de falar e pulamos do país para nós mesmos a Valquíria me pergunta o que pretendo fazer agora e como não respondo imediatamente porque na realidade não sei o que fazer a não ser esperar ela insiste na pergunta e acabo dizendo que não sei então ela começa a explicar como é que funciona o *Facebook* e as possibilidades de investigação que ele permite nem minha mãe apesar de que e ela me diz que baixou um correio que facilita alguma comunicação um sucedâneo às cartas de antigamente me pede para prestar atenção mais do que já estou ligado?, anoto tudo que ela diz ou faz peço para fazer mais lentamente caso contrário não vou conseguir acompanhar, O culpado é você — ela dizia sempre que eu participava de alguma manifestação ou chegava mais tarde em casa, bem, então acho que ela pouco opinava mas não que concordasse com o velho seu marido ficava quieta não sei se por respeito ou medo porque concordância duvido que houvesse ela se levanta e me manda sentar na frente do computador num pedaço de papel escreve seu endereço de *e-mail* e ordena que eu lhe mande uma mensagem reluto, olho as anotações por fim abro uma página com lugar para endereço e mais pra baixo espaço para a mensagem, *Eu te amo* e ela cai na risada pergunto por que e ela diz que tinha certeza de que minha primeira mensagem seria essa e amo ela então pega minha mão e diz que não vê a hora de vir morar comigo mas por questões familiares só pode fazer isso casada com papel de cartório por ela, me diz, já estaria instalada no meu quarto, mas tem o cargo dela e transferência é difícil a não ser para união de casais e me pergunta outra vez o que pretendo fazer no futuro próximo então respondo que só me resta esperar ela sorri e seu queixo aponta para o computador então entendo que o computador foi um presente mas que em essência é uma ferramenta, Tem razão — confesso, pretendo aprender todas as tricas e futricas desse cara aí para ver se me ajuda —, por fim declaro que também estou com pressa, mas que ela tinha visto o resultado da viagem, pouca coisa além de zero a tarde vai refrescando e combinamos de jantar por aí em algum restaurante e depois vamos ao cinema que está passando um filme com boa crítica desses que as pessoas dizem que são muito parados e que geralmente são os melhores porque mais reflexivos com algumas questões que se devem resolver questões complexas que exigem o pensamento mais aprofundado daquele que lhe assiste ela fala muito professoralmente e eu imito sua voz com algumas de suas palavras e por isso caímos na risada, pergunto se ela está fazendo hora extra de graça aprendi muito hoje e tenho muita coisa anotada mas agora estou cansado e aceito o convite da Valquíria para darmos um giro pela cidade que mesmo morando aqui só conheço o caminho para a escola e muito pouca coisa mais neste bairro onde estamos agora nunca estive e me parece um bairro pobre umas casinhas que parecem caixotes porta e janela na frente e uma janela de cada lado a porta da cozinha para os fundos posso apenas imaginar agora ela quer conhecer minha escola mas num sábado mais de cinco horas da tarde vai estar tudo fechado ela insiste que quer conhecer pelo menos a fachada então vou indicando o caminho mas sem muita certeza porque também não sei exatamente onde estamos guio-me pela posição do Sol e a parte da cidade onde imagino que esteja minha casa deu certo paramos um pouco na frente do portão fechado e a Valquíria elogia muito o que vê claro uma escola nova há pouco inaugurada por fim liga novamente o motor e afirma com bastante firmeza, Ano que vem quero estar trabalhando aqui — e me lembro do computador e alguns macetes que não posso esquecer mesmo estando anotados ela me pede indicação de restaurante e só conheço o meu vizinho, que é muito modesto para uma noite de sábado em companhia de minha namorada então sugiro que rodemos um pouco mais pelo centro da cidade e escolhamos algum cuja aparência nos agrade e dá certo pois numa esquina em plena praça principal com estacionamento ao lado um restaurante muito bem-iluminado, móveis modernos, tudo do nosso agrado e examinando o cardápio escolhemos pratos que nem tão caros ou baratos mas com fotos que já nos despertam o apetite, Vinho? — eu pergunto então examinamos a carta para escolher um Merlot tinto seco da Serra Gaúcha estar assim em companhia da minha futura esposa dez mil vezes mais bonita do que minha ex, agora jogando conversa fora nada de seriedade digo a ela, Isto é a felicidade — e ela oferece os lábios onde pouso com suavidade a espera é menor do que esperava e não paramos de conversar enquanto mastigamos no fim do jantar nos apressamos um pouco porque faltam vinte minutos para as sete, início do filme, mas daqui para o cinema não sabemos direito qual é o caminho então pedimos a ajuda do garçom que muito gentil nos informa que estamos a um quarteirão de distância entramos no fim dos comerciais a sala já escura e é claro paramos de conversar, mas bem atrás de nós um casal de jovens conversa e come pipoca com ruído de papel sendo amassado, por isso mudamos de lugar, a sala está quase vazia bem que supúnhamos é um tipo de filme de pouca frequência acompanho o assunto discutido pelas personagens com um senso crítico de que não consigo me desfazer, a Valquíria parece mais interessada ainda do que eu, na saída, depois de entrarmos no carro ela pergunta, Então, que achou do filme? — demoro para responder pois não sei como começar, por fim as ideias organizadas, declaro, Olha, na verdade não gostei, ele é um filme que exige exercício de pensamento, mas para meu gosto defende umas teses muito reacionárias, é conservador demais — a Valquíria me olha e apesar da pouca luz percebo que está espantada, Mas essa é uma avaliação política, nada tem a ver com a estética, se você me fala das tomadas de imagens, dos cortes, da música, do ritmo da narrativa enfim, de tudo que diz respeito à estética cinematográfica, então seria uma opinião artisticamente válida, o Ezra Pound não deixa de ser um grande poeta porque simpatizou com o nazismo, sabe, Renato, eu concordo que no plano do conteúdo o filme é uma bosta, mas considerando apenas como obra de arte, ele é primoroso — Está certo — respondo — mas pra mim é muito difícil separar estética de ética, não discordo de você, mas continuo achando que ele seria uma obra-prima se forma e conteúdo indicassem a mesma direção.

*

Capítulo 17

O modo como ele se relaciona com as meninas, as trocas de amabilidades, piadas para lá e para cá, os sorrisos, tudo isso me faz entender que ele é frequentador assíduo da casa, de manhã, no intervalo das aulas me convidou para uma cerveja numa boate que conhece bem e como a Valquíria me avisou que vai passar o feriado de amanhã com os pais aceitei o convite, mas pensei que fosse boate mesmo e o que ele chama de boate na verdade é um puteiro, e de fato, umas prostitutas lindas uma delas vem e antes de mais nada senta no colo do professor Tadeu os seios explodindo a blusa e as pernas muito mal cobertas em seguida ela senta na cadeira ao lado dele e pede uma bebida que eu não entendo qual seja os dois não param de rir e eu na minha o segundo copo de cerveja e de repente os dois se levantam e a menina puxando o Tadeu pela mão desaparecem num corredor meio escuro alguns casais dançam na pista ao som de um aparelho de som que eu não vejo onde está aqui é tudo mal iluminado não se vê lâmpada nenhuma uma claridade de veludo uma das meninas vem sentar na cadeira do Tadeu porque eu joguei as pernas para baixo da mesa sem deixar espaço para que sentasse no meu regaço, Me paga uma bebida? — não deixa de ser simpática a tipa e autorizo uma dose de gim-tônica, que ela pede, por modéstia ou para evitar embriaguez precoce pois a noite está mal começando chamo uma das meninas que me parece um pouco ser a garçonete e peço uma porção de mandioca aconselhado pela companheira de mesa eu sempre ouvi dizer que beber de estômago vazio dá maus resultados, minha companheira esgotado seu gim-tônica me convida para um quarto sei que é uma situação embaraçosa mas recuso gentilmente que não estou com esse tipo de necessidade então ela espera em silêncio chegar minha porção, com um palito pesca um pedaço de mandioca, mastiga, engole e diz que precisa trabalhar fico sozinho à mesa perdido nos meus pensamentos e lembranças e aquela imagem do Ananias me volta com muita força e me lembro de ter recebido um soco no peito aí ele dá dois passos de fasto seu calcanhar bate num montículo ele perde o equilíbrio e cai batendo a cabeça numa pedra imensa que transborda do talude assim mesmo e fui preso por ter recebido um soco no peito de um filho da puta um pobre que defende em política o comando dos ricos, seus partidos, que fazem de tudo para acabar com as conquistas dos trabalhadores e então me vem à lembrança a figura do meu pai ele gostava de falar comigo e minha mãe por qualquer coisa, A culpa é toda sua — porque ela nada entendia de política pouca escola pouca leitura pouca observação da sociedade, A culpa é toda sua —, e ele não respondia, mas também não deixava de conversar comigo comentando sempre as ações do governo e da elite dominante mostrando como os dois na verdade são uma coisa só acho que o Tadeu está demorando demais e aqui sozinho me dá vontade de ir embora, mas não poderia sair sem pagar a conta toda da mesa o que não pretendo fazer, o Tadeu foi o primeiro professor que se aproximou de mim deve ter quando muito uns trinta anos solteiro como ele me disse com uma namorada com quem se comunica pela internet e isso me fez aceitar sua aproximação pois ainda preciso conhecer muita coisa da internet apesar de que tenho feito avanços nesse sentido no *Facebook*, por exemplo procurei por Circe Fagundes seu nome de solteira apareceram carradas de circes nenhuma delas Fagundes, então tentei com Circe Fagundes Alencar novamente um monte de circes nenhuma porém acompanhada de Alencar, deve haver mais formas de busca, estou certo disso, mas não sei como fazer, quem sabe o Tadeu, amanhã é feriado e preciso convidá-lo para tomar um café lá em casa elas circulam com muito charme algumas com comportamento de verdadeiras madames de onde será que surgiu esta flora feminina?, domingo principalmente detestava porque era aquele enxame de esposas noivas e namoradas naquelas visitas íntimas passando no corredor era um cheiro só de esperma e eu era obrigado a me masturbar e outras são mais debochadas e se mostram sem o menor pudor, mas todas convivem harmonicamente cada qual endereçada à preferência de um homem e história daquele rapazinho franzino o Donato teve uma vez que ele me disse que sua única razão para querer estar vivo era o casamento com sua noiva aquilo uma fixação uma espécie de doença outra menina vem sentar na cadeira do Tadeu e pergunta se pago uma bebida, porra, este negócio de pagar uma bebida está indo muito longe, mas não tenho coragem de negar e o cretino do Tadeu parece que casou com aquela tipa e vai passar a noite em lua de mel e autorizo o pedido dela que merda o Donato matou a noiva e o amante dela por isso não queria mais viver e não sei de onde arranjou um pedaço de corda e se enforcou quando saí da cadeia ele ainda estava na enfermaria muito mal sei lá se conseguiu acabar com a vida, enfim acho que é um direito de todo ser vivente querer desistir da vida se o sofrimento se tornar insuportável mas isso não posso defender por aí que acabo linchado o Donato e esse Tadeu!? aí vem outra vai chegando com passo de valsa elegante maquiagem discreta vestido longo e olhar soberano ela se aproxima, Não se agradou de nenhuma das meninas? — Não, não é nada disso é que só vim pra tomar uma cerveja com um amigo e bater papo, mas ele desapareceu com uma das meninas — Eu sei, o Tadeu, daqui a pouco ele volta — pergunta se poderia sentar na cadeira vaga e penso imediatamente que vai pedir uma bebida, mas não ela não tem idade nem aparência de quem vem pedir alguma coisa, Se veio pra bater papo, faço companhia ao senhor enquanto o Tadeu não volta — seu sorriso é cativante se é que isso significa alguma coisa, mas além de não pedir bebida, chama a garçonete e ordena uma cerveja, Essa é por minha conta — meu copo está quase vazio e agradeço pela gentileza, ela começa a perguntar por minha vida até descobrir que sou professor então suspira e vejo que como o Donato ela tem necessidade de falar de sua vida, sou bom ouvinte e fico atento ao que ela conta, estava na Faculdade de Economia sustentada pela família, mas seu pai faliu, sua mãe morreu e teve de trancar a matrícula para poder trabalhar se os salários não fossem tão baixos, ela contou, continuaria trabalhando no escritório e quando pediu aumento o dono do escritório veio com conversa mole que tudo que você quiser basta que... enfim, caiu na cilada e foi pra cama perder a virgindade com o chefe, mas o aumento não veio, por isso para complementar o que ganhava que mal dava para pagar o aluguel, uma colega do serviço, sempre muito bem-vestida, tomando táxi para qualquer bobagem, uma colega sempre com dinheiro, disse que poderia ensinar o truque e foi assim que ela começou sua carreira sem nunca perder uma oportunidade de ascender no ramo, Agora este *rendez-vous* é meu e posso oferecer uma bebida a alguém que cai na minha simpatia — agradeço e, claro, chego a ficar emocionado que é uma mulher de classe percebi mal ela se aproximou, mas minha opinião foi confirmada depois de meia dúzia de palavras trocadas, sua linguagem, o vocabulário, a construção das frases e até a voz sem nenhuma rouquidão do consumo excessivo de álcool e tabaco então eis que surge na boca do corredor inteiro o Tadeu e vem em nossa direção de longe sinto o perfume do sabonete um lavanda se não me engano o cara não é que até um banho tomou e eu aqui bem babaca sozinho não fosse a companhia da como posso designá-la porque apesar da classe acho que posso chamá-la de cafetina não a palavra soa muito pejorativa mas não tenho outra mais adequada para a madame os dois trocam dois beijos de face e a dona da casa aproveita que se levantou e pede licença para se retirar o Tadeu já sentado e tomando o primeiro gole de cerveja olha meio espantado para mim e me pergunta se nenhuma das meninas me agradou o tratamento meio eufemístico de "meninas" me causa admiração fico meio sem resposta então digo que não, não se trata disso é que não consigo nem tenho necessidade por isso ele pergunta, Você é casado? — Sou e não sou — respondo e ele fica esperando a explicação que me é difícil de dar porque não posso entrar muito em minha história sem falar dos anos de penitenciária, assunto que mantenho em segredo então tenho de inventar que minha filha casou com um madeireiro do Norte e que nunca mais tive notícias dela nem seu endereço eu tenho, sabe, e pra falar a verdade acho que eles não têm residência fixa, o marido parece que é clandestino destes que a Polícia Federal anda procurando, este negócio de desmatamento, um telefonema ou uma carta jamais, desligou total, minha mulher e meu filho foram sequestrados há vários anos e é isso que eu estou pesquisando no computador então veja só sou casado mas não tenho família quer dizer nem sei mais se continuo casado, na hora do acerto o Tadeu exigiu *fifty-fifty* apesar de meu consumo ser muito maior que o dele, mas é assim quando se é companheiro e ele apesar do tempo que me deixou à mercê destas sirigaitas é um bom companheiro.

*

Capítulo 18

O frio aos poucos e sorrateiramente vem voltando, pois é mas já faz mais de uma hora que ela ligou dizendo que estava de saída, pode ter acontecido algum acidente?, espero investigando os restos da minha antiga família no computador nem a mãe tampouco os filhos imagino que sejam as últimas e poucas pessoas deste mundo que não navegam por este ar onde se cruzam bilhões de mensagens sem se chocarem o Tadeu cumpriu a promessa de me ensinar alguns manejos da informática pelo menos o que ele já aprendeu e me disse que não sabe nem cinco por cento do que pode fazer com esta máquina que beira à loucura os meses se passaram e nossa rotina se firmou eu aqui ela lá durante a semana e na sexta depois das aulas ela vem pra cá ou eu vou até seu apartamento o que é mais incômodo pois tenho de pegar ônibus e sempre muito arriscado porque a velharada do prédio não pode me ver entrando a Valquíria me disse outro dia que, Isso é coisa registrada em contrato só porque sou solteira e sozinha — pensei que este tipo de preconceito não existisse mais mas existe sim preciso fechar esta janela por onde o vento começo a ficar preocupado será que ela está com o celular desligado?, muitas vezes faz isso quando está dirigindo bem, mas então não também às vezes me preocupo à toa na cadeia era assim nos primeiros tempos depois já não podia mais esperar surpresa nenhuma acabei imune a preocupações com o que pode acontecer lá o que acontece é o que tem de acontecer não há porta aberta é só uma hora depois de outra hora uma rotina de ferro as repetições o telefone tocando ah, minhas suspeitas alguma coisa deve ter acontecido pra ela não ter chegado ainda meu coração pula descompassado se ela, Alô — quem responde é o Tadeu — sim, tudo bem — Ah, meu caro, mas hoje não vai dar — ele insiste, Não, Tadeu, não desgostei do lugar, não, mas hoje estou esperando minha namorada — ele enfia um riso bem sonoro pelo bocal do telefone, Então, seu esperto, bem que suspeitei de algum segredo, agora entendo — ele continua falando porque gosta muito de falar e me conta que a direção da escola está extrapolando de seu direito de inovar, uma ideia idiota essa de que os professores juntem-se aos alunos nos intervalos, sabe, alegando que não está havendo empatia entre professores e alunos, Só que com isso isolam também os professores entre si, não concorda? — Claro, sou inteiramente contra a medida e já comecei um movimento entre os colegas para não aceitarmos esta besteira — e o Tadeu segue falando que hoje vai ficar com aquela mesma, Sabe, aquela com quem fui outro dia?, pois é, é uma princesa — o Tadeu não para de falar e isso já vai me irritando porque se a Valquíria quiser ligar vai dar ocupado e acho que ela quer ligar e o colega agora quer contar a história de como descobriu a dona do *rendez-vous* e vejo pelo postigo o carro parar na frente do meu portão então interrompo a fala do colega e digo que tenho de abrir o portão e nossa despedida é muito rápida então me lembro de que o portão não está trancado e a Valquíria já vem atravessando o jardinzinho de frente tremendo sorriso nos olhos e nos lábios seu cabelo ilumina o céu que vai escurecendo, abro a porta e ela me cumprimenta com o melhor dos beijos que me trouxe e nas mãos uma roda de papelão com aroma conhecido o aroma de orégano embalagem que ela joga sobre a poltrona então pede perdão pela demora é que ia saindo já perto da estrada quando se lembrou de que uma pizza no jantar seria muito do meu agrado por isso voltou até quase o centro onde a melhor pizza, se me lembro, e basta sua presença e o cheiro do orégano para que meu humor se transforme e exijo mais beijo para perdoar seu atraso é cedo para jantar e botamos a pizza no forno em fogo baixo, temos mais o que fazer ao nos encontrarmos depois de uma semana curtindo ausências nossa rotina é conveniente para nossa situação mas juro por tudo em que acredito que está difícil de suportar ser casado e não ser, ser namorado e querer casar ela me pergunta se já consegui alguma pista e sinto em sua voz a decepção antecipada pela resposta que espera então expulso um pigarro pra me encorajar a responder a verdade, Até agora nada — e ficamos olhando para a tela do computador, este aparelho que nos prometia milagres e que ficou somente na promessa, então relatei a ela todas as tentativas feitas sem nenhum resultado me levanto e fecho a porta por onde o frio nos instalamos na sala e a puxo para meu regaço querendo compensá-la das esperanças frustradas minhas mãos a acariciam com pressa talvez uma pressa exagerada e noto que seu beijo fica mais quente e mais úmido que ela se entrega ao manuseio de minhas mãos que espertas sabem onde têm de trabalhar não resistimos por muito tempo apenas com os toques e a levo nos braços para o quarto onde curto minha solidão hebdomadária e o tolo do Tadeu apaixonado a ponto de me dizer que seria capaz de tirá-la da zona, aquela moça, e fazer dela a mãe de seus filhos, nada contra sua ideia, mas tenho a impressão de que é puro fogo, ele não tem consciência moral para superar o aluvião de preconceitos contra os quais só a Valquíria me importa só ela habita todos os meus pensamentos e ao me cavalgar ela geme eu ronco nós dois estamos à beira de uma pequena morte e sim cada vez mais rápida e se arroja para me beijar quando me esvaio em deleite e me invade uma tortura bem conhecida e nos largamos um ao lado do outro estirados na cama o suor por todos os poros mas o cheiro forte de esperma que me lembra os domingos da prisão e é ele que nos leva ao chuveiro onde esfrego a esponja nas costas da Valquíria e o mesmo ela faz comigo nós dois brincando de tomar banho então nos secamos bem pois o frio está desagradável vestimos nossa roupa com pressa porque agora só pensamos na pizza que nos espera sentado à mesa observo minha namorada pelas costas e me bate a certeza de que sou um homem afortunado pois uma mulher linda como ela inteligente muito acima da média concepção política e da vida em geral com muito pequenos senões simplicidade de costumes mesmo assim de extremo bom gosto sofisticada nas escolhas artísticas, uma mulher desse naipe quer passar o resto da vida a meu lado foi o que ela disse com palavras muito claras e comportamento convincente não consigo esconder o sorriso satisfeito então ela traz a pizza para a mesa e a parte em oito pedaços com uma faca ao servir-nos me pergunta se vamos comer em seco, Nada pra acompanhar? — então, como faz frio me lembro de umas garrafas de vinho que mantenho na geladeira, Que tal, um Malbec? — De Mendoza? — Claro, não sou rico, o francês e o chileno estão caros demais — fome e sede nos dominam por instantes para que fiquemos em silêncio apenas mastigando e bebendo até agora quando a Valquíria volta a perguntar, Mas então, nada a fazer? — demoro mastigando para pensar uma resposta, que, infelizmente, não me ocorre, por isso repito o que venho dizendo há alguns meses, O que nos resta é esperar porque refazer aquela viagem sem destino certo uma aventura, isso não vale a pena — e mudamos de assunto comentando os acontecimentos mesmo que insignificantes de nossas escolas, a Valquíria me pergunta e não é a primeira vez se não me sinto desconfortável com nossa situação e me obriga a repetir pela centésima vez que me sinto muito incomodado com este namoro de fins de semana, mas que não perco a esperança de receber alguma notícia, tinha considerado o computador nossa solução e não desgosto de tudo que ele me propicia mas no caso específico que é a localização da Circe ele não funcionou na sala continuamos a conversar sobre céus e terra por isso não ligamos a televisão a Valquíria diz que um professor de História tem de saber mais que os simples mortais a respeito do país, Em chamas, querido, o Brasil já vive o Armagedom — preciso aliviar um pouco o pessimismo da Valquíria, Pois bem, é certo que o país está rachado ao meio e que isso não é nem um pouco animador claro que não mas nosso país como muitos outros que se conhecem passam por crises como a nossa, acontece, porém, que isso não é o fim dos tempos, mesmo porque espaço e tempo não têm começo e não terão fim, um país pode desaparecer como entidade política independente, como já aconteceu até recentemente com a Polônia, por exemplo, a Iugoslávia também, mas o povo, seu território estão lá, aqui no Brasil vamos ter muito sofrimento para superar essa dicotomização, entende?, mas isso não é eterno e talvez nós dois não estejamos mais aqui pra ver a superação desta crise o que é uma pena e eu penso isso porque a polarização por enquanto vem se acentuando e vai continuar assim até a corda arrebentar, nós temos o privilégio ou a infelicidade de testemunhar uma das situações da pior crise na história do país — e paro pensando se é mesmo esse o meu pensamento, as minhas convicções, a Valquíria que me ouvia atentamente silenciosa solta uma risada nervosa, Que pena, Renato, que pena, vamos carregar o piano para que outros no futuro possam tocar — Ninguém, minha querida, escolhe o momento de nascer, mas nascendo tem o dever de imaginar um mundo melhor, Eu acho que voltamos alguns séculos, pois nós dois estamos em pleno Iluminismo, não acha? — Não, não acho, este fatiamento da História tanto política quanto do pensamento não corresponde à verdade — Mas então você acredita na imutabilidade do ser humano? — Não exatamente assim, como pensam os imanentistas e você sabe muito bem que não é o meu caso, mas alguma verdade, que não é absoluta, existe no pensamento de Hyppolite Taine quando afirma que o homem é fruto do meio e transformando-se o meio transforma-se o homem, e isso tem de ser profundamente relativizado, agora me parece que este papo está muito furado, papo soporífico, Ah, eu trouxe comigo três filmes, a gente podia escolher um deles pra ver agora — bem então ela também já estava enjoada do nosso assunto. Vamos lá, um filme, enquanto a Terra plana não caia em algum abismo.

*

Capítulo 19

Um dia carrancudo é o que foi o último dia antes das férias de inverno um dia sem alegria com um céu de chumbo e baixo, "céu de chumbo" é ótimo, o frio entrando pelas frestas atravessando paredes ainda preciso arrumar a cozinha na minha cela nada podia parecer que havíamos nós quatro desistido da vida mas quem mantinha tudo em ordem era o professor aqui um dos companheiros de beliche me chamava rindo de toquento esta mania de não aceitar a desordem nada fora de lugar o zelo primeira coisa lavar estas panelas então o prato e os talheres arrumar o armário pendurar o pano de prato em seu lugar varrer o piso acho que não há necessidade de jogar água um dia um novato me viu arrumando a cela e me chamou de mulherzinha que é um preconceito machista acontece que realmente um cara bem mais forte do que eu por isso ia ficando quieto engolindo o deboche quando vejo um vulto desabando do segundo andar como a gente chamava a cama de cima e veio cair sobre o novato mas o próprio não estava dando conta do grandalhão então uma outra sombra se jogou por cima dos dois e conseguiu apertar o pescoço do cara até fazê-lo chorar sem ruído e a respiração pouca os dois soltaram o novato e disseram mais uma ofensa ao professor pode encomendar o caixão as lembranças em todos os anos que estive em confino sempre alguém me protegia muito mais por causa da profissão do que pela pessoa como agora eu penso o novato acabou tornando-se um amigo e tanto eram assim as coisas na penitenciária logo logo anoitece e a Valquíria aparece por aqui como combinamos porque ela também entrou em férias apesar de dizer que traria os Diários de Classe para atualizar aqui pois tivera muitas provas para corrigir em casa e fora relaxando a burocracia uma vez no tempo em que trabalhei lá na escola dela ah, o professor que substituí acabou morrendo e a escola teve de abrir vaga para um concursado que eu não era uma vez a secretária me disse sem pejo nenhum a aula que você dá se é boa ou ruim isso não interessa o inspetor quando vem quer saber é dos Diários de Classe limpos e completos, com todos os lançamentos claros e legíveis, entendeu?, fiquei escandalizado com tal pensamento burocrático mas não demonstrei pois afinal eu era apenas um recolhido na sarjeta como me sentia terminando a arrumação da cozinha me lembro de que o quarto estava uma tremenda bagunça com roupas jogadas em qualquer lugar e a cama ainda por fazer mas um chamado do telefone interrompe meu caminho e pergunto quem é Como? — não consigo entender direito um nome desconhecido enfim ouço que é de Lago Verde, Ah, sim, sim claro que me lembro — foi na casa dele que tomei café e comi bolo gente muito simpática sim, em Lago Verde, Pois é — ele diz — um filho do Altamiro esteve aqui em casa de passagem para São Luís, negócio de família, entende? — entendi e ele continuou, Pois é, o rapaz me deu o endereço bem detalhado do Altamiro, quer anotar? — Segura um pouquinho que eu vou pegar lápis e papel alô, pode falar! — até Goiânia de avião, tomar ônibus para Porangatu ou para Formoso, e continuo anotando, se pegar o ônibus para Porangatu, no entroncamento para Formoso desembarcar e tomar o desvio por cinco quilômetros tem ônibus, mas é raro, por isso é melhor pegar carona na direção de Formoso andar doze quilômetros então entrar por uma estradinha uma estradinha de fazenda com quilômetro e meio então vou encontrar uma porteira encimada por uma tabuleta onde se lê Fazenda Fagundes, Pode entrar — ele conclui, Não, não é complicado anotei tudo, muito obrigado — ele também se despede e largo o telefone porque meu corpo todo está suspenso em levitação emocional e parado assim sem conseguir botar ordem nos pensamentos eu fico até o carro dela buzinar lá na frente do portão então saio correndo e me lembro de que o portão está aberto mas o impulso para a corrida é incontido é uma necessidade física que não posso conter preciso contar para alguém o que me acaba de acontecer e a Valquíria vai ser a primeira pessoa a conhecer a notícia ela me abraça eu a beijo e abraçados atravessamos o pequeno jardim da frente sem que minha língua inchada se mova subimos os três degraus para a varanda e ela percebe minha perturbação me solta e me olha dentro do rosto deformado por uma alegria que me põe idiotizado seu olhar me pergunta o que foi que aconteceu e respondo, Finalmente, Valquíria, finalmente um endereço — e ela já sabe de que endereço se trata pois tem sido nosso assunto mais frequente dos últimos meses então entramos logo para não resfriar nosso contentamento que não que não se lembrou de trazer pizza então combinamos jantar fora em comemoração, Ah, não vou perder tempo, saio amanhã ou depois — Não é melhor na segunda?, assim podemos curtir o fim de semana — e eu concordo, Sim, na segunda de avião até Goiânia então escolher o primeiro ônibus que sair para Porangatu ou Formoso, na terça-feira chego à Fazenda Fagundes onde está o Altamiro, irmão da Circe — o rosto da Valquíria fica de repente pesado, E se ela se recusa ao divórcio? — Bem então é mais demorado, mas entro com divórcio litigioso, e ela sabe muito bem que não tenho fortuna para dividir — passamos o fim de semana fazendo amor com gosto de despedida propondo problemas e buscando soluções e a palavra mais empregada nestes últimos dias foi a palavra "se" com sua conclusão "então". Botamos a mala no banco traseiro nos abraçamos entre contentes e ansiosos pois será uma viagem que poderá determinar nosso futuro e já no aeroporto nosso último beijo teve gosto de inquietação, a Valquíria não pode segurar algumas lágrimas que desceram deixando rastros em seu sorriso.

*

Capítulo 20

Nem meia hora ali de pé parado pedindo carona muita sorte que ônibus ele disse só amanhã de manhã então primeiro o medo e se anoitecer no entroncamento só um posto de combustível então me lembrei do seu Lourenço e de posto como aquele tive grande experiência e com o posto me vieram à lembrança os dias em que passei pela mais abjeta miséria até encontrar seu Lourenço com notícias de minha família e com aquela caixa de papelão com meus pertences até minha escova de dentes lá dentro porque meu companheiro de banco o da janela disse que ônibus só amanhã de manhã muita gente passou que não deu bola para meu braço erguido meus pés inchados e o guarda que veio me abrir o portão apontou a avenida e disse segue em frente e eu segui até encontrar aquele albergue e dormi misturado a mendigos punguistas talvez até bandidos e uns doentes que eu vi não sairiam mais vivos daquele dormitório a velha no volante da caminhonete não é de muita palavra não sei como aceitou me dar carona muitos lugares por aí caminhonistas e caminhoneiros bandidos o mundo é grande acho que não tenho cara de bandido quando eu disse que eram uns doze quilômetros até a entrada da Fazenda Fagundes e ela me pergunta, Parente deles?, respondo que sim, mais ou menos e ela diz que sempre teve negócios com o Altamiro então não pergunta mais nada nem eu estou disposto a desfiar as contas do rosário narrativa de que já estou cansado as árvores margeando a estrada são todas estranhas mesmo assim por falta de assunto fico um tempão olhando para fora com poucas e eventuais perguntas a respeito de clima, flora e fauna da região perguntas a que a mulher responde sem me olhar porque ela não tira os olhos da estrada e me diz que há muitos animais que atravessam a estrada e podem causar acidente principalmente tatus e cotias entre longos silêncios e meia dúzia de palavras provocadas por mim chegamos a uma porteira encimada pela placa Fazenda Fagundes, a idosa que me trouxe para a caminhonete e desço depois de agradecer e pegar minha mala na carroceria a porteira é bem comum nestas entradas de fazenda e me vejo subindo a ladeira à vista lá no alto a sede assobradada protegida por árvores e galpões acho que já avancei a metade do caminho e a emoção muito forte quase me tira a visão quando vejo dois mastins a galope na minha direção e vêm latindo com muita raiva por isso me julgo perdido pessoa nenhuma à vista não há como me defender a não ser aqui ao lado uma laranjeira largo a mala no chão e muito mais rápido do que imaginava poder já estou a mais de cinco metros nos galhos da árvore debaixo de mim as duas feras pulam na ilusão de que me vão alcançar e rosnam e pulam e latem tudo inútil pois não concebo ideia alguma de me entregar já passei por muitos percalços na vida minha história é cheia de surpresas, o Bigode pega a minha mão chorando e a beija que sim, o paraíso que ordeno por ser professor que para ele é o mesmo que pastor, chorando, mas porra estar trepado em uma laranjeira com dois quadrúpedes latindo lá embaixo isso é peripécia de romance de consumo ninguém à vista se gritar não vão me ouvir a sede deve estar a uns setecentos metros mais ou menos e não tenho outro jeito a não ser esperar porque esses dois aí não estão interessados em voltar para casa me deixando aqui eles não e estamos perto da noite o Sol abanando a mão em despedida porque vai mergulhar mas algumas nuvens que eu não tinha visto anunciam a possibilidade de chuva que faço aqui trepado numa laranjeira uma situação que me infunde um sentimento incômodo de ridículo o tipo da história que não se pode divulgar opa ronco de trator subindo a ladeira decerto com destino para os galpões expediente findo e vai passar por aqui e isso açula ainda mais esses guardas aí começo a ficar com as nádegas doloridas sentado neste galho fino de casca áspera ainda bem que esses dois debiloides não implicaram com a mala mal deram uma cheirada de identificação sem estragar minhas coisas o tratorista parece que desconfia de algum bicho nos galhos da laranjeira e desce gritando com os cachorros, Passa, já pra casa — e os dois obedecem de orelhas murchas de vez em quando olhando para trás com um ganido agudo como quem diz não nos deixaram pegar esse intruso debaixo da laranjeira o tratorista me observa então pergunta, O senhor queria alguma coisa? — e eu respondo que preciso falar com o seu Altamiro Fagundes, É aqui mesmo? — ele responde que sim e que eu posso descer porque os cachorros são obedientes com um grito botam o rabo entre as pernas, Pode descer daí — e obediente mas com uns restos de medo escorrego pelo tronco sujando minha roupa e arranhando minha pele eu desço, o tratorista vem e me cumprimenta estendendo-me sua mão cheia de calos, mão grossa de quem trabalha no pesado e declara que — Mas o seu Altamiro ainda não chegou, ele saiu de caminhão pra fazer umas compras em Formoso, se o senhor puder esperar — e eu, que é claro, sim, esperar pois venho de muito longe e é urgente que ele me dê algumas informações, me convida a subir no estribo do trator pois devo esperar na sede e lá talvez se tenha informação mais exata pois não é que lá em cima ao descer do trator os dois cachorros vieram cheirar minhas pernas que a esta altura estavam trêmulas, mas só cheiraram o tratorista entrou pela cozinha, suponho, e foi avisar da minha chegada aí vêm eles rindo os dois o irmão e a irmã como suponho e descem os degraus da porta principal sem parar de rir, Então na laranjeira! — começo a responder às suas risadas rindo também e o rapaz depois dos cumprimentos me pergunta se quero falar com seu avô e diz que não demora o velho chega de Formoso, que é o horário dele assim sai logo depois do almoço e volta antes da noite com as compras, Sim, mas vamos entrar — e os acompanho, a irmã, que agora já sei que é neta do Altamiro, volta imagino que seja pra cozinha enquanto o rapaz me convida pra sentar numa poltrona em sua frente pergunta se bebo alguma coisa tomo café enfim que eu não me acanhe e é nesta hora que me lembro e pergunto, E a minha mala? — e ele vai à porta e grita para o tratorista que já está lavando braços e rosto numa bacia de alumínio para pegar a mala, que ficou no trator a casa por dentro não desmente seu exterior é uma gente que soube ganhar dinheiro com a pecuária iluminação própria todos os móveis da sala de jacarandá janelas protegidas por grossas cortinas protegidas por *voile* permitindo uma claridade suave na sala de móveis escuros terminando meu inventário porque o rapaz volta carregando minha mala, Vem de longe? — explico que sim muitas horas de viagem um pouco cansado ele então abre uma garrafa de conhaque enche duas pequenas taças e me diz que ele é revigorante e nos desejamos saúde não faz muito frio nesta região e resolvo tirar o paletó ficamos frente a frente sem assunto algum para trocarmos e percebo que o rapaz só ficou aqui para fazer sala pra mim então lhe digo que se tem alguma coisa a cumprir pode me deixar sozinho e ele quase num espanto, Sozinho! — meu avô já vem chegando saímos os dois para o quintal e assistimos à chegada de seu Altamiro que desce da boleia do caminhão e vem a nosso encontro os cachorros interrompem seu caminho pulando e abanando as caudas ele grita e os enxota me estende a mão antes mesmo de saber quem sou, Ah, muito bem, então vamos entrando — e ele manda que o rapaz convide alguém para descarregar o caminhão quando lhe digo quem sou — Renato, mas então você é o meu cunhado — que sim, Sou eu, e gostaria de me informar sobre o endereço da Circe — ele me encara penalizado e diz que a Circe não existe mais, Como, não existe! — Faz cinco anos que minha irmã faleceu de uma pneumonia e o filho dela, o Maurício, viajou para o Norte procurando a irmã, mas isso já vai pra oito anos mais ou menos e nunca mais tivemos notícias dele — aceito um copo dágua.

*

Posfácio

Enfim a liberdade

O leitor menos afeito a experimentos estéticos terá, ao ler as primeiras páginas de *Enfim a liberdade*, a impressão de um texto insidioso e abstruso, devido a substituição da sintaxe convencional por uma sintaxe elíptica e pela presença de uma pontuação que relativiza as noções de tempo e de espaço. O que importa aqui não é apenas o que se conta e sim como é contado. Uma história pontuada de encontros e desencontros; de perdas e de amor.

Em linhas gerais, eis a história: como resposta a um insulto e a uma agressão física, Renato, o protagonista da narrativa, desfere um soco em Ananias, que ao cair bate a cabeça em uma pedra e vem a falecer. O convívio de Renato com ideologias de esquerda faz com que o próprio advogado duvide da inocência do seu cliente. Daí dezessete anos de prisão, a perda da liberdade e da família. Consegue cumprir a pena com serenidade amargurada; frequenta assiduamente a biblioteca local e orienta a leitura dos companheiros de detenção.

Ao deixar o presídio, enfrenta as dificuldades da liberdade. Mesmo livre das paredes materiais da cela, Renato onde quer que vá, leva consigo o medo, a angústia do encarceramento. O medo de cair outra vez nas garras da polícia. Através de Lourenço, proprietário de um antigo posto de gasolina, consegue abrigo, um emprego informal e é informado sobre a partida da esposa Circe e dos filhos Maurício e Zoé. Um pouco mais à frente, retoma as atividades de professor e volta a lecionar História. Conhece Valquíria, também professora, por quem se apaixona. Agora, renasce para a vida afetiva. Valquíria, no entanto, pertence a uma família conservadora e para oficializar a união é necessário que Renato descubra o paradeiro da esposa para providenciar o divórcio e unir-se em matrimônio com a namorada. Após um triste périplo por Bacabal, no Maranhão, descobre um irmão da esposa em Goiás e vem a saber do falecimento dela.

Mas a surpresa reside na forma como o autor estrutura a narrativa.

Do ponto de vista da elaboração do romance, com relação ao tempo, há dois momentos: um *início* que pressupõe um *antes* e um *fim* que pressupõe um *depois.* O início de *Enfim a liberdade* não é o começo pontual do enredo, mas uma cena que remete a uma anterioridade, ela é uma continuação que teve como início a cena do homicídio. Esta anterioridade que não é expressamente narrada, mas vivida na consciência do protagonista, é o tempo inicial da narrativa. O desdobramento da memória e a tensão do presente instituem o plano narrativo. A enunciação do vivido fundindo-se às impressões do protagonista constitui o próprio núcleo da narrativa. E como o protagonista se desdobra em narrador, torna-se o mediador das tensões; ele organiza o núcleo temporal dos eventos que lhe impressionaram a consciência, o que permite ao leitor um passeio por esse mundo interior labiríntico refinadamente planejado, pois há uma conciliação das perspectivas entre o vivido e o narrado.

A temporalidade, aqui, não é uma sucessão de diferentes momentos ou instantes, mas um campo aberto, indeciso e lacunar, permeados de antes e depois, uma articulação latente do passado e do futuro no campo do presente. A simultaneidade dos tempos no escoar da narrativa nos dá a dimensão da interioridade da personagem, num jogo de desintegração e reconstituição que compõe uma aglutinação de sentido. Deste modo, o leitor acompanha as fissuras, fendas e feridas que permeiam a identidade de Renato.

Quinze anos após a prisão, Renato não é mais o jovem militante, mas segue com seu inconformismo ante uma sociedade que viu desintegrar um regime militar pontuado de violência e que, agora, é desejado por determinados setores conservadores.

Na cena final, o leitor compreenderá que a narrativa se abre para horizontes visíveis de futuro próximo, de modo que o que parecia o fim é o momento do renascimento de Renato. Daí, aliás, o significado de seu nome. Livre de Circe, que indiretamente o prendia (tal como na *Odisseia*), terá direito ao retorno à vida conjugal com Valquíria, que o recolheu (como na mitologia nórdica) e o acolheu.

A própria composição da narrativa atribui significado às suas representações e expressões e faz surgir a posição contraideológica do protagonista. Frases que ecoam e ressoam na cabeça de Renato como "A culpa é toda sua", "O erro da ditadura de 64 foi não ter matado todos vocês os esquerdopatas", "A falha da ditadura foi não ter matado todos vocês" nos dão ideia do peso que oprime o personagem. O meio social age de forma semelhante porque a situação de perigo é o contexto de base, ameaçador sob o ponto de vista do protagonista: o golpe militar de 64 e a divisão ideológica da sociedade. O encadeamento de opressões gera dissabores na vida de Renato. A experiência de uma liberdade estrutural da sociedade não encontra o seu destino e nas sombras das doutrinas segue o embate entre alienação e consciência.

Mas é no campo das opções estéticas que ocorre o embate profundo entre as duas forças. Nesta *dispersão concentrada* que é *Enfim a liberdade*, o leitor acompanha a lucidez do autor ao estruturar uma narrativa de modo complexo como forma de renúncia a uma norma iníqua da realidade. A complexidade é a própria liberdade de criação, o que parece sugerir que a estética é uma ética para a vida. Há, de um lado, a opressão que encarcera vidas e consciências; do outro, o trabalho artístico que incita à vida e à liberdade.

No mundo fechado em que vivem Renato e Valquíria, as relações sociais anulam os vínculos com a liberdade, já que não conseguem escapar às pressões ideológicas. A liberdade da escolha afetiva alivia o peso das opressões. O impulso de Eros insufla vida no casal.

Como toda criança e todo jovem, Renato viveu um conflito entre a virtude teórica e a prática da vida, em um país ideologicamente dividido. Num mundo iníquo, aprendeu com o pai anarquista os valores da ética e da justiça. Procura afirmar sua autonomia espiritual aderindo às ideologias de esquerda. Professor de História, rejeita os valores da direita; sua consciência da realidade, de sua classe social, deixa-se guiar por um certo altruísmo em favor dos humilhados e ofendidos da vida. Há nele um desejo de penetrar na opacidade de um mundo injusto e libertar do conformismo os corpos e consciências que permanecem à margem da dignidade. Conviveu, quando criança, com um pai politicamente consciente e uma mãe alienada. Quando jovem, na universidade, conviveu com revolucionários e conservadores. Depois, prisão, e enfim a liberdade. O projeto ou a utopia de Renato é a união de todos os descontentes contra a iniquidade econômica e política.

A dimensão política atua na obra tanto no plano consciente do protagonista, como adoção dos valores da esquerda quanto no inconsciente, como tudo que foi reprimido e cuja cena do soco é expressão direta da agressividade represada. Na cabeça de Renato, inconformado com a desordem social, a realidade macroscópica atinge diretamente sua vida íntima, o que o obrigava, quando jovem, a não somente pensar, mas a agir contra a ordem dominante.

Quanto ao espaço narrativo, ambiente e paisagens ressoam na alma do protagonista e por via de uma técnica *impressionista* capta o que se fixa na memória para além da camada receptiva da subjetividade.

Graças ao trabalho objetivo do estilo que concretiza de modo poético a modalidade do fluxo de consciência, o leitor percorre os labirintos de sentimentos e experiências do personagem. Apreende, então, através dos desdobramentos de variações múltiplas e incessantes, o ritmo organizado da composição, o movimento que unifica o texto em profundidade e estabelece uma linearidade dentro do discurso não linear, atando, assim, o liame entre estrutura narrativa e dispersão subjetiva do personagem, criando uma unidade semântica entre os vinte capítulos da obra. O texto com suas frases e períodos, cesuras e passagens adquire liquidez e por isso flui em seu percurso itinerante de germinações semânticas.

O ritmo cria o estofo profundo da subjetividade, reorganiza as emoções estilhaçadas, dá continuidade ao descontínuo, rompe com a crosta do eu superficial e mecânico e permite ao leitor um vislumbre da natureza intrinsecamente móvel do *eu profundo*.

Com uma escrita refinada e vigorosa, sensível às assimetrias sociais e à singularidade estilística, Menalton Braff cria uma narrativa expressiva que apreende estados de alma provocados no personagem por uma realidade perversa. No tecido da sua narrativa encontramos um modelo de resistência ao utilitarismo e às ideologias conformistas, capaz de romper com as estreitezas de pensamentos medíocres e autoritários.

Na fronteira subjetiva do ser e do nada, a linguagem do autor capta as nuances dos alicerces irredutíveis da condição humana, porque atravessa o imediato para reavivar a interioridade, resgatando-a do que é supérfluo e estéril. Por via da depuração estética, o autor traduz em arte literária a dimensão humana da vida em um mundo asfixiado pelo imediatismo. A depuração estética lhe permite exprimir tudo o que não sendo visto, nos faz ver; tudo que, não sendo pensado, nos faz pensar. A dimensão sensível da vida é feita de ausências, de vaguidades, de distâncias, de instantes, de vestígios de sensações e impressões.

Em momentos de maestria estilística, como nos romances

Além do rio dos Sinos, *Tocata e fuga a quatro vozes*, *Os olhos do meu pai* e, agora, *Enfim a liberdade*, o traço obsessivo do perfeccionismo estético é a liberdade encontrada pelo autor em seu processo criativo para induzir o leitor a uma ruptura com um modelo social que artificializa vidas e sentimentos.

Subtrair o leitor do tempo cronologicamente ordenado para colocá-lo à escuta de um tempo de incertezas, das múltiplas vozes que ressoam em nosso espírito; subtrair o leitor da realidade reificada para reintegrá-lo mais humanizado ao cotidiano, eis a essência dos trabalhos de Menalton Braff.

O contorno exterior do mundo nos fornece o esquema de uma realidade tenebrosa e, por isso, o trabalho de expressão literária é tenso, já que a luta da expressão é esforço criundo da inteligência para resgatar o homem de uma realidade predefinida pelo mal. Eis o esforço de Menalton Braff; eis, *Enfim a liberdade*.

Osvaldo Félix

Professor e crítico literário

Enfim a liberdade é o trigésimo terceiro título produzido por Menalton Braff, autor nascido em Taquara-RS, que nem sempre se dedicou à escrita como era seu desejo. Aos vinte anos a vida montou-lhe às costas e a escrita foi jogada para os fins de semana, quando era preciso descansar. Depois de longo período de silêncio forçado, em São Paulo capital cursa Letras com o intuito de conhecer melhor as ferramentas da literatura, tendo em 1984 publicado às próprias expensas um romance e uma coletânea de contos. Só bem mais tarde, em Ribeirão Preto, uma editora local publicou-lhe *À sombra do cipreste*, com que conquistou, em 2000, o **Prêmio Jabuti** (Livro do ano). Seguiram-se muitos outros títulos, tendo sido agraciado em 2020 com o **Prêmio Machado de Assis**, da Biblioteca Nacional, para o romance *Além do Rio dos Sinos.*

Em 2025 a Ópio Literário, selo para Literatura brasileira da Degustadora Livraria e Editora, publicou-lhe o romance *Sonata patética* e, agora, seu romance *Enfim a liberdade.*

Este livro foi composto em Bell MT e
impresso em papel pólen 80 g/m²
na São Francisco Gráfica, em outubro de 2025